|红色经典丛书|

回延安

贺敬之 著

江苏凤凰文艺出版社
JIANGSU PHOENIX LITERATURE AND ART PUBLISHING, LTD

图书在版编目（CIP）数据

回延安 / 贺敬之著. —南京：江苏凤凰文艺出版社，2020.5

（红色经典丛书）

ISBN 978 - 7 - 5594 - 4167 - 6

Ⅰ.①回…　Ⅱ.①贺…　Ⅲ.①诗集—中国—当代　Ⅳ.①I227

中国版本图书馆 CIP 数据核字(2019)第 240193 号

回延安

贺敬之　著

出 版 人　张在健
总 策 划　汪修荣
责任编辑　傅一岑　姜业雨
封面设计　马海云
责任印制　刘　巍
出版发行　江苏凤凰文艺出版社
　　　　　南京市中央路 165 号，邮编：210009
网　　址　http://www.jswenyi.com
印　　刷　南京新洲印刷有限公司
开　　本　880×1230 毫米　1/32
印　　张　10
字　　数　240 千字
版　　次　2020 年 5 月第 1 版　2020 年 5 月第 1 次印刷
书　　号　ISBN 978 - 7 - 5594 - 4167 - 6
定　　价　39.00 元

目录

第一辑　诗歌

北方的子孙

我是
年轻的
北方的子孙啊！
——我伴着，
　　那荒地、
　　莽原，
　　乌泥
秋天的黄沙
　　和那
　　冬天的
　　大漠风、
　　冻雪
　　活过十多年！

　　我像
　　那荒地的每一个孩子
　　一样呀！
　　守着一头老黄牛，
　　成长在

河边
湖畔——
我学会了
祖先传下的牧歌，
从老子的脸上
我晓得
那质朴的
他们的忧郁啊！

北方！
我们的
忧郁的骆驼……

春天，
那地面
有绿色在生长的时候，
我们，
孩子的心，
还温着
往日的梦呀！
穷苦，
凶年，
人们在命运的鞭子下
流浪，
死亡……

夏天，
庄稼苗子

长起来的时候——
在那荒土上，
我们望到“它”，
像望见了生命的喜悦！
然而，
谁又会相信，
黄水不为患呢?！——
那毁灭的歌子呀！
　　房屋、
　　庄稼，
　　祖宗留下的
　　吹不甚响的牛角，
　　缺破的农具，
　　我们的生命……
会毁灭在那水底！
——我听过老年人
讲说的故事：
水头
千丈高，
红衣神仙
抓着法水，
千万人
被圈在
死亡的圈子里！
到了庄稼“晒米”，
太阳珍贵的时候，
秋天的
大豆、

高粱、
棒子、
小米……
上了场，
我们又拾起了
跳跃的生命的歌子！
用一支高粱秸
催动老黄牛、
驴子，
从那踽踽的脚步里，
碌碡[①]——
压着庄稼。
尖锐的声音，
在汗流中滋长……
八月的风，
在荒野
扎下了营，
我们憧憬着
那“折子”[②]里
装满的食粮啊！
但，
会被还账带走！
生命
干涸了的泉源，
牲口的
忧郁的头颅，

① 碌碡，石制农具，用来碾压粮食。
② “折子”，旧时鲁南农村一种盛粮器具。

挂在了树梢，
啊！谁听到了它们的哭泣？

冬天，
北方的地面，
蒙上了冰雪，
丛林、
河流、
黄土屋，
紧紧地封锁在白练下……
寒冷、
饥饿，
从塞北
刮来的风，
我们看见了
那死亡的恐怖。
天空，
阴冷的神秘
控住那荒土呵！

北方！
我们的
忧郁的骆驼……

祖宗，
将一支牧羊的鞭子
抛下来……
在那荒土上

我偷偷地活过十多年！

我是
年轻的
北方的子孙啊！
我会唱那
农歌、
牧歌、
吹那牛角，
在北方的荒土上，
我依恋的
年轻的灵魂！

1939年8月16日，梓潼

我们的行列

一 “陌生的人儿”

哪儿来呀——
你这位陌生的人儿?
你微笑,
　笑在紫色的嘴角。
你唱歌,
　歌声从齿边吹出。
我们哟,知道——
你呀,奔过大风沙。

在大风沙里,
你生长,从战斗的日子。

让我们采朵花儿呀,
插在你的头上,
像你在草原的
　那些骚动的黑夜里——

湛蓝的天空上，金色的
　指人前进的星星。
让我们围着你唱歌，
像在你爱过的
　宽大的土地上，
你听见的
　群众的呼声。
今天，你
这陌生的人儿，
还得再站起来！
在中国的火光里
前进！……

二　“L・S”

L・S——
一个忧郁的家伙，
又唱起来了。
（L.S 趴在草丛里，
正缝他的破棉袄。）
L.S 永不休止哟，
唱着他那支歌儿，
流浪了三年……

三年呵，在流浪的路途上，
他生长了赭色的嘴巴，
那有着庄稼味的
忧郁的歌呵……

（L·S
像一个悲哀的老妇呀，
他迟钝地抽那针线，
抓那棉絮……）
L·S他唱，他唱着：
“流浪的路上，
活过那些辛酸的日子，
我的母亲哟，母亲……”

（他抛下棉袄，
撒下针线……）
“母亲！
棉絮破了，
针儿断了，
只有思恋长大了！
北方，那荒漠的大地，
我……我的母亲！”
我们，
真不要听这歌，
L·S
这个忧郁的家伙！

然而，
他唱起来了。

三 “赠给年幼的他们”

沿着道边
向远远的那里望去，
——加夫！
那就是辽阔的中国平原呵……

你想念着你的羊群吗？
我的年幼的伙伴……

是的，倘若
你死在敌人的枪下，
为了生而死的！
加夫——响亮的死呵！
那么，你可以葬在那里，
而且，深深地，
闻着你可爱的土壤味，
看着你的羊，
那么安然地长眠……

子孙们，
都向你的坟墓
低下头来——
“为了我们
今儿，
生活得如此自由，
我们的老子，

投向了
壮烈的死呀!”

而你，
必然笑得很舒适：
儿子，孙子，
都吃得了
他们在中国
应吃得的一份，
也穿得了
他们应穿得的一份。

但是，如今呢，
加夫——我的年幼的伙伴!
你还得再拿起你的手枪，
向该去的地方
奔去!
——因为，
我们的工作
还没有完呵!

四 “我的小同志艾末”

小小的个子，
两颊微红着哪，
不爱说笑，
他，才十七岁。
对于一切

他都注视着，像狼，
期待“有一天”，
像期待母亲。

永远念着祖国，
对于一切他所应爱的
他都灼烧般的爱着。

但是，明天，
他就走了！
他唱起歌
向他爱去的地方去……

五 “我们的行列”

数下吧：
一个，两个，三个，四个……

这只是数而已，
而我们的伙伴，
很多很多……
那是数不清的。

请看这些黑色的脸，
发着光呢；
请看这些红色的心，
烧着火呢。

六　“歌”

是春天来的
春天也要去。
出生在哪里的，
也要到哪里去。

1940 年 3 月，四川梓潼

跃　进

一　走出了南方

雨，
落着……
——阴湿的南方啊！

一九四〇年，
走出了那狭窄的
低沉而喑哑的门槛。

春天，
浓雾的早晨；
野花——
红色的招引。

去远方啊！

不回头，

那衰颓的小城，
忘记
那些腐蚀的日子。

响亮地：四个！

二　在西北的路上

是不倦的
大草原的野马；
是有耐性的
沙漠上的骆驼。

我们
四个，
——在西北的路上，
弥天的大风沙里。
山，那么陡！
——翻过！

风沙
扬起我们的笑，
扬起
我们的歌！

三　夜

夜。

——西北的苦涩的长夜……

狼，
火红的眼睛啊，
燃烧在夜的丛莽。

繁星，
在天空；
——熟透的柠檬，
在树林中。

黑色的森林，
漫天的大幕；
猎人跃进在深处。
猎枪像愤怒的大蛇，
吐着爆炸的火舌。

而我们四个，
喘息着，
摸索向远方……

四　马车

马车，
望不尽的河流，
在西北的路上……

像吉卜赛人，

那些驾驭者，
马车是家屋。
黎明，
从车下翻起身，
粗壮的手臂
擎起鞭子。

紫光，
照亮了西北的路，
照亮了他们的歌。

车轮，
嘶哑地
滚过高原崎岖的山野。

黄昏，
熬焦了他们的期待；
夜里，
烧起火堆……

马群，
憩息在路旁。
倔犟的驾驭者的脸
映着火，
粗重地呼吸着。
豆料和烟草的气息
膨胀在夜的胸膛。

我祝他们安眠，
在高原的摇篮里，
叫大风沙，
给他们唱催眠歌……

1940年5月，去延安的路上

自己的催眠

让我道一声“晚安”，
同志，
一天又过去了。

我说，
生活就是歌，
应当唱得
更响更响。

像干一杯葡萄酒，
而且像一个热恋呢，
我们骄傲
我们的日子！

那么，
同志，
让我们安睡罢。

叫满窗的星光，

伴我们。

告诉延河，
摇我们，
以她的歌。

也告诉土壤，
叫他也静静地安睡。

这歌，
这大地，
这梦的谷……

……而且明天，
那天空，
一定很蓝，
——我说。

而且我说，
明天，
朝阳来呼唤着我们，
她的光，
一定很润，很浓呢。

1940年10月，延安

十　月

一

像喝着手酿的高粱酒……

他站在
　十月的窗前——
跃进的莽原，
燃起了
　紫色的黎明……

呼吸着
　浓湿的空气，
他带着酒味的笑……

在早晨——
村后那泥路；
那马车；
那摇曳的谷穗；
那发光的小河。

在早晨，
在我们十月的大地。

他扬起两臂：
“丰收的十月呵！”

二

他爱高原的十月的太阳……

他宽阔的胸膛，
　拥抱穗子；
在发热的土壤里，
　他歌唱！
因为他下种，
他将收获。

会议上，
他扬着
　手臂的森林，
站在
　掌声里。

一个音响：

“劳动英雄！”

1940年10月，延安

雪，覆盖着大地向上蒸腾的温热

在窑洞里，
我和同志们
围坐在油灯旁边。

我们的影子
连接着，
在墙壁上
闪动。

炭火，
旺起来了。
雪，
在窗外落着，
雪，
覆盖着大地向上蒸腾的温热……

我的笔
站起来，
我的思想

像海潮似的
撞击着我的心……

我不能平静，
我要呼喊。

我是怎样地
来在这个世界上！
来在
同志们的行列中！

……一九二四年，
雪落着，
风，呼号着，
夜，漆黑的夜……
在被寒冷封锁的森林里，
在翻倒了的鸟窠中，
诞生了一只雏鸟……

呵，我的母亲，
在这样的
日子里，
你诞生了我！
挂满蜘蛛网的破屋子里，
我的祖母
跪在屋角，
连连地磕头祷告：
“天啊，

俺喂他什么吃？
——这个小东西！”

我的父亲，
躲账在
村庄的酒馆里，
又赊了账，
醉倒在柜台边……

亲爱的同志，
这就是我的
自传的第一页：
时代＋灾难＋母亲，
这，我就生长起来。

我来在这个世界上。
我的眼睛，
看着；
我的脚
踏着
——这一片漆黑的大地！

我的母亲，
为什么打我妹妹？
难道，
就因为她在年三十
要吃一块年糕？
父亲呵，

为什么和祖母吵架？
难道
就因为她藏了二升高粱，
不能给你还账？

而雪，落着，
风，呼号着，
夜，漆黑的夜……
炮声啊，
在响！
人群啊，
在哭嗥……
哪里去？
你们！
哪里去？
母亲！
哪里去？
父亲？
…………

——在一九三七年，
这样的晚上。

母亲啊，
撒开手，
妹妹，
给我的夹袄——
我要走了！

这长长的道路，
这漆黑的道路……

我被抢去了
在衣角里
母亲缝进去的
五块钱钞票，
我被摔倒在
河沟里……

但是，
我看着，
我走着！

我走着，
我想着！
我的母亲！
我的祖国！
我终于，
看清了，
太阳从哪边出来！
花朵
是在哪里开！

我来到这里，
来到
这旗帜底下，
来到

我的同志们中间！

而且，
我是宣了誓的，
我背诵过了我的誓言。

亲爱的同志们！
为母亲，
为祖国，
我来到这个世界上，
来到行列里。

而你，
我的笔，
你不能停止，
我的心啊，
更热烈地燃烧吧！

在这样的晚上，
窗外，
雪，
无声地落着，
雪，
覆盖着大地向上蒸腾的温热……

我的肩，
擦着同志们的肩，
同志们的肩，

擦着我的肩……

我的诗，
检阅着我的过去——
我，
那样地
走了过来，
走到了你们中间！

1940年12月，延安

雪　花

我望着你——

……你从烟雾一样的
天空，
轻轻地落下。

我望着你——

……你落在林间，
落在屋顶上，
落在冻结的河面上。

你的小小的翅膀
在飞舞，
带着低声的
温柔的歌唱。
我看着；
我听着。

我的快活的心
在和着你
一起歌唱。

我没有忧愁，
在这里。

在这里，
在冬天，
我工作着。

亲爱的同志，
我说：
春天已经开始了。

1940年11月，延安

我走在早晨的大路上

我走在早晨的大路上，
我唱着属于这道路的歌。
我的早晨的河啊，你流吧，
我的早晨的太阳，你升起吧。

我走在早晨的大路上，
在我的面前，
在我的四周，
是无限广大的土地。

我面对着我自己，
我面对着我的歌，
我面对着这道路，这土地，
我面对着这个国度，这个政权；

我——一个十八岁的公民，
我自己说话，高声地：
这土地是我的！
这山也是我的！

我——一个十八岁的歌者，
我唱我自己的歌，高声地：
是我的——这早晨，这太阳！
是我的——这欢快的一天的开始！
现在是秋天。
现在是收获的季节。
现在是每一种颜色都鲜红的季节。
现在是每一个喉咙都发声的季节。
现在是每一双手都举起热情的季节。
现在是每一朵花都结实的季节。

我走在早晨的大路上，
我唱着属于这道路的歌。
光明和温暖正在这大地上开始，
这里正在开辟，正在手创。

这早晨的歌，
这太阳的歌，
这季节的歌，
这开辟和手创的歌，
这闪耀和燃烧的歌，
呵，我走在这道路上！
这道路的歌，
这田野的歌，
这西红柿的歌，
这小米的歌，
这玉蜀黍和高粱的歌！

呵，此刻，我，前进着，
我迈着我的脚步，均衡而有力。

我的伙伴，我的公民同志，
我们来唱这歌吧，
我们来完成这奇迹，
我们来投票选举，
我们来吧，同志——
足够十八岁的！

我，十八岁，向前走，唱着，
你们，也向前走，
从我的左肩擦过，唱着；
从我的右肩擦过，唱着。

我什么也不想，
我，一点也不怀疑，
我面对你呵，我的大地，
如同向日葵对于太阳一样真诚不二。

我的头脑是清醒的，
像那被太阳光穿透的露珠。
在会议上允许我发言，
在我的道路上允许我大步向前而且唱歌。

我的脚步是你们中间的一双脚步，
公民同志们！
我的手是你们中间的一双手啊，

公民同志们！
它同你们紧靠着，
它同你们一起前进，
它同你们紧握着，
它同你们一起来管理这大地。

让我们牢记吧，
我们是自己国度的先驱者，
让我们牢记吧，
我们是自己栽培自己收获的人！

我不能不起来，从我的座位里，
我来在这早晨的道路上，
我不能不唱歌，唱我的赞颂的歌，
给这早晨，给这太阳！

我仍然前进，
一刻也不休止，
我同我的邻人，
一起呼吸，生活。
我走在这早晨的大路上，
我唱着属于这道路的歌。
我看见这大地每一秒钟都在前进，
我看见这大地每一秒钟都在生长，
我看见这大地上的旗帜正在飘扬，
我看见这大地上：快乐和歌唱。
我，向前走！
我，十八岁的公民！

啊，我唱着，和延河的声音一起，
太阳在我的周身，在我的大地上。

前面的，你是什么？
都来到我的怀里吧，我紧紧地拥抱你们，
我，十八岁的歌者，
我也要投到你们的怀里，你们也来拥抱我！

你是我的同志，我的爱人啊，
你是我的伙伴，我的邻人啊，
你是我的房屋，我的田野啊，
你是我的早晨，我的太阳啊。

我走在早晨的大路上，
我唱着属于这道路的歌。
我跟着前面的人，
后面的人跟着我。

1941 年 9 月

五婶子的末路

五婶子前面是流淌不息的大河，
五婶子后面是将落的太阳。

五婶子将仅存的一个孩子抱在怀里，
在那怒吼的浪涛前面，她低下头来。

……整整一年了，五叔被关在监牢。
啊，那不是五叔的黄瘦的面孔？
那不是给张大爷鞭打的伤痕？

……五婶子静静地回想着，
这一年——
大儿子流浪到远方，
没有一点音讯；
老黄牛叫张大爷拉走了；
女儿病死在炕头上……

……五婶子静静地回想着，回想着。
她抬起头来。

忽然，她笑了，
面对着浪涛，五婶子笑了。
五婶子像喝醉了酒，
她抱着孩子跳下河去，
河水激起一阵浪花。
……于是，一切又归寂静。
黑夜到来了。
河水吞没了五婶子和她的孩子柱儿。

大河里又添了两个水鬼，
河面上是迷茫的秋天的夜。

1941年5月

鸡

老总们吃够、喝够，
一直到累了，
他们才走出老婆子的茅屋，
向当街走去。

老婆子这才从屋角里爬起来。
呵，柴禾，给烧尽了；
面，给吃光了；
仅有的一只老母鸡也给杀了；
老婆子自己，也叫他们打了。
“那些碰炮子儿的，
那些千刀剐的……”
老婆子在心里咒骂着，
哭声渐渐地哑了。

老总们都向当街走去，
连头也不回。
不知道他们又到谁家去了，
他们是想到哪里就到哪里。

天，却渐渐地
渐渐地黑了下来。

老婆子哭着，
渐渐地昏迷过去……

这个日子怎么过的？
可又怎么过下去？
孤苦的老婆子呵，
丈夫，死了，
儿子，荒乱年月里跑了，
儿媳妇，吊死了，
跟前只剩下一个小孙子。

天黑了下来。
小孙子从街上拾破烂回来了，
筐子里多了一些“洋烟”纸。
“奶奶，老总给我的‘洋烟’纸，
不要烧锅，给我留着玩儿……”

奶奶不理小孙子。
奶奶已经完全昏迷了……
小孙子也倒在奶奶身边睡去。

天，黑了下来。

看，那个“贼星”①，
像火灾一样从屋檐上飞过去了。

“奶奶，老总们真好，
给我‘洋烟’纸，留着玩儿……
奶奶，老总们还吃白面馍馍，
老总不给我，我饿……”

小孙子说着梦话，又咬着牙，
过一会儿翻了个身又睡去。
奶奶还是不理小孙子——
奶奶再也不理小孙子了，
她已经停止了呼吸……

这日子，哪里是尽头？
看屋檐上：
飞过去第二颗“贼星”，第三颗“贼星”……

天，渐渐地又要明了，
明早的第一道阳光
要把小孙子一个人叫醒……

1941年5月

① “贼星”，即流星。

牛

一

“桃花开，
杏花败，
李子开花炸咸菜……”

我们唱着，唱着，
把牛赶到河边。

我的小黄牛，
乖乖地走。
它是去年
爹从集上买来的。

小黄牛呵，
好草你可要吃饱呵，
清水你可要喝好呵。

我们爬上了牛背，
抓住牛尾巴，
指着头上的太阳，
我们又唱了：

“天老爷，
地爹爹，
下阵小雨我歇歇！”

二

到晚上，
我们赶着牛回来。

星星都挂满屋檐了，
“牛梭头”星在眨眼呵。

娘做好了饭，
她坐在院子里。

爹从地里回来，
锄头放在墙角里。

今晚上又是一顿芋头叶窝窝，
还有稀米汤。

小黄牛睡在当院里，
“咯吱”“咯吱”地在倒沫。

爹站起来，
一手端着饭碗，
一手摸着小黄牛：
“乖孩子……
好好把小黄牛放大，
以后的日子都指靠着它……”

小黄牛呵，
快快长吧，
爹的话你不是听见了吗？……

三

过了些日子，
王大爷家的要账的——
那个赵大黑子到家里来了。

赵大黑子，赵大黑子，
他两眼比杀牛的老吆还厉害。
“还账！还账！”
赵大黑子活像阎王老爷。

爹哀求他，
赵大黑子一脚把爹踢开。

家里有什么好还账？
收下的新麦早叫他拿走了，

高粱才出苗。

赵大黑子眼睛一转——
他瞪住我的小黄牛。
小黄牛！小黄牛！
小黄牛怕得打哆嗦了。

我把身子护住它，
我用手挡住它，
小黄牛！
小黄牛！
咱俩死也不能分开呵。

赵大黑子一下子把我摔倒，
他拉着小黄牛就走。

小黄牛叫着，
爹哭着，
娘哭着，
我拖着小黄牛的尾巴不放！

赵大黑子的铁棍把我们打倒了，
小黄牛，小黄牛，
小黄牛叫人家拉出门去了！
我爬起来去追，
追不上了！
小黄牛再也不见了！

四

到冬天，
没有柴禾，
没有粮食，
雪花落下来了。

爹哭着，
娘哭着，
田地哭着……
在这里，
在雪花落到的地方，
哪里没有哭声呢？

爹哭着，
娘哭着，
田地哭着……
在这里，
在雪花落到的地方，
谁会不哭呢？

我想小黄牛呵，
我想小黄牛，
叫我怎么能不哭呢！……

1941年7月

小兰姑娘

一

我和小兰姑娘到田野里去。

麦苗都长高了，
村头的李花都开了，
燕子一对对在我们头上飞着叫着，
一会儿，又飞跑了。

春天到了，
小兰姑娘就是春天。

春天的花朵真好看，
小兰姑娘却更好看；
春天的太阳真温和，
小兰姑娘却更温和呢。

我们到麦地里去割荠荠芽，

可是谁也不想干活，
镰刀都放在一边——
田野真像一床绿毯子呀。

我们坐在一起。
麦苗就在我们脚下乱拂，
——因为是刮着小风。

我把手放在小兰姑娘肩上。
时间正是晌午。
小兰说该做活了，
回家娘要骂呢。

——小兰姑娘是王五伯伯的闺女；
王五伯伯是李大爷的租户。
王五伯伯把小兰许给李金余；
李金余是李大爷的侄儿。
李金余是富人，
我是穷人；
李金余在学堂里，
我在田野里。
——小兰姑娘却喜欢我。

“怎么办呢？小兰——”
“怎么办呢，我不知道……”

“咱俩跑走吧，小兰！”

镰刀在土里抽动，
燕子又来偷听了。

二

小兰姑娘就住在庄东头的那间小屋里，
她家门前是一条小河。

……一个夜里，
我去找小兰。
她怕叫爷娘知道，
悄悄地从屋里出来，
来到我面前。

于是，我们走了，
跑过小河。

“到哪里去呢？天这么黑……”

“到外头去，
到很远的地方去。
天不黑，你就是月姥娘……”

三

谁知道，
不到天明我们就糟了！
李大爷派人把我们捉了回去。

小兰的娘来打小兰，
李金余把我摔到河沟里。
不到两天，
李金余就把小兰娶走了。

四

……我把头枕到小兰姑娘坟上，
现在秋天也完了。

小兰姑娘是吊死的，
在她被娶走的第七天。
……唉，小兰！

老巫婆给王五伯伯家念经，
说小兰是妖怪。

我把头枕到小兰姑娘坟上，
小兰呵，我来叫你，
为什么你不答应我呢？

小兰呵，快醒过来吧，
不要怕夜里太黑太冷，
我们拾些树枝扎个小火把，
它会照着我们，
向很远很远的地方走去……

1941 年 7 月

红灯笼

一

这个青年走下车站的月台，
他沿着一条冻结的小河前进，
雪花在深夜的原野里落下……

他将皮帽的两翼拉下来，
这个青年，这个来自远方的人，
他搜寻着儿时的记忆：
“这是不是家乡的道路呢？”

青年人的两脚在雪地里浸湿，
像一只受伤的野兽，
他固执地颠踬着前进……

村庄完全哑默了，
雪花已将茅屋和树林埋葬，
也埋葬了守夜狗，

它们被冻死在门外。

“转过这个村，向东，
再走一会儿，该到了吧？
……不，应该由这边转过去，
也许是向那边？”

“该快天明了吧？……
唉，雪又下大了……
有一点火亮才好，
怎么，都睡着了吗？”

他期待着能有一点火光，
有个人家能让他进去烤烤身子，
也打听一下他牢记在心里的村庄的名字。

“……爹不知道变成什么样了？
胡子该长得很长了。
娘呢，还在吗？
他们看见这远路回来的人，
是惊怕？伤心？还是欢喜？
啊，我怎样去推那门……”

于是，他回想起过去的时日，
坚决地越过小溪，向左边走去。

二

时间在庄稼穗子上留下了脚印，
麦子青了，又黄了，
村庄度过了二十个年头。

二十年以前，
那是一个可怕的荒年。
抛开了饥饿寒冷的家乡，
人们开始去流浪。

叔叔一手拿着破衣包，
一手牵着侄子的瘦黄的小手。
小孩子可是什么也不知道，
他看见爹的手在颤抖，
看见娘的眼泪滴在门边。
于是，年幼的流浪客，
便跟随叔叔离开了他的家。

关东的春天在融着雪，
大群的人到了城市，到了村庄。

叔侄俩在松花江上流浪，
在艰苦的岁月的折磨里，
他们活过了二十年。

叔叔在一个晚上死去，

他给年轻人留下几句话就咽了气：
“松花江的风涛很大，
这里的日子也难熬。
孩子，我将不在人世，
给我置个棺材，埋好坟墓，
别叫关东的雨雪浸毁了它……
可是你呀，别忘了老家，
还有你爹你娘，兄弟姊妹……”

埋葬了叔叔的第二天，
这青年人便收拾了他的行囊。

三

现在，他越过了村庄，
他找到了火亮。

这青年人打着红灯笼——
那火光燃烧在灯笼里，
喜悦燃烧在他心里。

风雪从左边吹来，
他把红灯笼打在右边；
风雪从右边吹来，
他把红灯笼打在左边。

“多么幸运，多么奇巧！”
他想着刚才的遇会，

在那孤坟似的小屋里，
他遇见了一个陌生的老妇人。

他去问那老妇人：王家庄，
王德新，他的父亲，
父子相别二十年，
今夜，他的儿子回来了。

突然那老妇人惊叫着："孩子！"
一把拉住这年轻人，
哭倒在他的怀里——
她就是这年轻人的姑母。

"孩子啊，二十年又碰上了大荒年。
一连四季草籽不收。
纳粮交租逼死了多少人……
东庄的刘三爷发过'善心'，
十石霉粮换走了五个庄的地亩……

"树皮草根也无处去挖，
你的弟兄们饿倒在大风雪里。
你的爹娘快要完结，
眼看饿死也不敢出门。
劫路的强盗躲在每个墙角和路口，
这村人谁敢到那村……"

年轻人心里充满急躁和挂念，
他恨不得一脚跨进家门。

姑母怎样也不能阻拦，
给他一个红灯笼打在手里，
叫他一直沿着村西的路走去。

而此刻，风雪渐渐大起来，
他打着红灯笼向前走……
渐渐地他记起这道路，
哪一脚高，哪一脚低——
于是，他加快脚步。

四

但是，强盗已从远方出现，
停止你的脚步吧，
远方的流浪客！

但是，强盗已从前方向你走近，
熄灭你的红灯笼吧，
年轻的人！

强盗，强盗，
他已跃出了树林。

“爹娘啊，今晚上该多么欢喜……”
年轻人越走越快，
他走近了树林。

于是，强盗将刀举起，

他一刀砍死了年轻的人，
这个远方归来的流浪客，
死在自己家门前。

强盗收拾了他的获取物，
他取下青年人的包袱和衣裳，
还有那已经熄灭的红灯笼。

第二天，强盗家里来了一个老妇人，
来给她娘家的哥哥贺喜，
说昨晚上她的侄儿回了家，
她给他的红灯笼便是见证。

1941年12月

小全的爹在夜里

一

黄昏时，
小全的爹领着小全走了。
冷风不住地吹着。
小全记得李大娘向他说的——
明天就是“腊八”了。

小全的娘在病着，
小全家一天就不见烟火。

小全向爹说：
“饿……”
爹不理。
小全向娘说：
“饿……”
娘不理。

——终于，黄昏时，
小全的爹领着小全走了。
“爹，到哪里去？”

“领你到田大爷家吃‘腊八粥’去……”
老头子回答着孩子，
他的脸上激起一阵苦痛的颤栗。

二

小全和他爹走进了田大爷家黑漆的大门，
田大爷的守门狗把小全吓哭了。

穿过大门内的耳屋，
耳屋里长工们在烤着火。
小全说：
“爹，
这里比咱家暖和……”

老头子不理小全，
他的脸好像阴沉的天空。

老头子在田大爷家找到一块米糕给小全，
把小全安置在一间黑暗的小屋子里，
老头子去见田大爷去。

小全在爹背后说：
“爹，回去吧，

田大爷家的守门狗光咬人……”

三

到黑天的时候，
小全的爹一个人走出了田大爷的大门。

村庄上很寂静。
腊月里，西北风微微地吹过枯树的枝头。
打更人第二次踏过村庄的铺道了，
梆子的响声随着哑了下去。

小全的爹迈着沉重的脚步，
他仿佛做错了一件什么事，
把头低着。

他数着手里的钱——
“四吊五百钱。
四吊五百钱，
我卖了亲生的孩子，小全，
田大爷再也不肯多出……”

他走着，走着，
在腊月的夜里。

“小全的娘还病着，
四吊五百钱，可以买二斗米啦……”

这是难过的年头呵……

四

这是难过的年头。
冷风从前面吹来，
啊，带着小孩的哭声。

小全的爹向前走着，
面前是一个干涸的泥坑，
这里面躺着一个将死的婴孩，
哭声从他的小嘴里发出……

老头子的心里颤抖了：
“这是谁？
这是……不是……我的……小全……？”

这不是小全，
小全在田大爷家里。
这是一个才生下的婴孩，
刚被抛出了母亲的怀抱。

老头子止住了脚步，
老头子抱起了那个小孩：
“谁家生了你，小孩，
把你扔在这里，
……啊，狠心的人！”

“狠心的人”,“狠心的人”——
老头子啊,老头子听见了自己的声音,
他仿佛咒骂了自己!

在那腊月的冷风里,
他站着,站着……
对着这不知是谁家的孩子,
他,忽然解开了自己的破烂的衣襟,
把小孩抱在怀里。
但是,他的怀里是冰冷的。

小孩哭着,哭声变得低哑了。

小全的爹像是得了一场大病,
他浑身都觉着疼痛。
这是腊月的夜间,
家里躺着有病的女人啊。

半天,他只好将小孩放下,
抬起脚步向前走。
不知为什么,
他留下一吊钱给了这个小孩……

五

这个老头子,在夜间,
他放下一吊钱给这个小孩。
刚走了一步,这陌生的小孩又哭了,

那冰冷的东西压得孩子快喘不出气来……

小全的爹又转了回来，
他重新抱起小孩：
“不要哭，小孩，
我不能带你回家，
我家里没有吃的……
唉，这是一吊钱，
我……我卖了我亲生的孩子，
他比你大……他今年……五岁了……
他……他叫小全……”

小孩子不听老头子的诉说，
小孩哭着，哭着，
渐渐地，在老头子手里冻僵了。

小全的爹站着不动……
他好像一棵枯树。
长久地，长久地……没有一点声音。

冷风扑过来，
老头子像是从梦中惊醒。
他的嘴唇找到了小孩冷却了的嘴唇，
他的眼泪滚落在小孩冻僵了的脸上，
终于，小全的爹大声地哭了出来。

六

冷风吹过枯树的枝头，
夜，像一只破了的木船，
搁浅在村庄。

小全的爹仿佛疯了一样，
抱着死去了的不相识的小孩，他哭着。

小全，这时候，
在田大爷家里，哭着，
要他自己的爹娘。

寂寞的小屋里，
病着的女人，哭着，
她的声音颤抖在屋角里：
“把小全带到哪里去了呢？……”

夜，搁浅在村庄。
风，刮着，刮着！……

1941年12月

行军散歌

一　开差走了

芦花公鸡叫天明，
脑坪[1]上哨子一哇声。
打上行李背上包，
咱们的队伍开差走了。

满地的露水满沟的雾，
四十里平川照不见路。
荞麦开花十里红，
二十里路上歇一阵。

崖上下来了老妈妈，
窑里出来了女娃娃，
长胡子老汉笑开啦，
拦羊娃娃过来啦。

---

① 脑坪，指窑顶上，山坡。

老妈妈手捧大红枣，
拉住我们吃个饱。
把我们围个不透风，
手拉手儿把话明：

“水有源呀树有根，
见了咱八路军亲又亲。”

“金秕秫[①]开花红缨缨长，
到了前方打胜仗。”

“快快走了快快来，
人要不来信捎来。
山高路远信难捎，
要把你们的心捎到。
快把敌人都打垮，
回来给你们戴红花！”

1945年9月20日
从延安出发到四十里铺

二　果子香

一早起来这么大的雾啊，
模模糊糊看不见路啊。

① 金秕秫，即玉蜀黍。

老远地
　听见驮口的铜铃儿响啊，
一阵阵
　闻见了扑鼻的果子香啊。

1945 年 9 月 21 日，甘谷驿

三　崖坪上开花

崖坪上开花蝙蝙[①]飞，
崖坪底下长流水。

崖坪底下长流水，
拦羊娃娃哨梅笛儿[②]。

梅笛哨得如流水，
梅笛哨的拦羊曲儿。

羊儿壮来羊儿肥，
陕北的人民光景美。

1945 年 9 月 23 日，禹居

四　当天上响雷

当天上响雷格啦啦，

---

① 蝙蝙，指蝴蝶。
② 哨梅笛儿，即吹笛。

满沟里下雨活洒洒。
军衣淋得湿溻溻，
唱歌唱得格哇哇！

雨里遇见个老人家，
他家就住郭家塔。
老人家年纪五十八，
身上背着百来斤花[①]。

棉花重来路又滑，
跌倒在地实难爬。
我们上前搀起他，
替他把花背回家。

雷声阵阵响，
雨点阵阵大！
一步一步
　看见了前边郭家塔。

“就到啦，
就到啦，
　前面就是我的家！”

老汉拉住我们不肯放，
推开窑门让进了家。
先点一把火，

---

① 花，即棉花。

后烧一锅茶，
热炕上坐定把话拉。

1945年9月24日，郭家塔

五　到清涧

三十里细雨二十里风，
转过山峁到了清涧城。

清涧城头高又高，
前十年红旗城头上飘！

前十年红旗城头上飘，
后十年老百姓光景好。

谁不知清涧出石板？
大街上铺得平展展。

走过了大街转过弯，
大队人马进兵站。

兵站安在“进士第”，
“培远堂”前把脚洗。

进士门第风雨打，
咱们同志笑话它！

进士门第高又高，
黑漆金匾掉下了。

进士门第低又低，
我把旧社会一脚踢！

1945年9月25日，清涧

六　满堂川

满堂川啊，满堂川，
太阳照得红艳艳。

枣儿红啊，梨儿圆，
谷米糀秫长满山。

拦羊娃娃唱曲哩，
对对羊儿喝水哩。

天上有云彩地下有花，
满堂川的娃娃爱他的家。

1945年10月3日，满堂川

七　羊儿卧

白格生生的羊儿青石板上卧，
八路军开步桥上过。

羊儿吃得草青青，
八路军为的老百姓。

1945年10月4日，贺家坪

八　枣儿红

一路上的枣儿属上这垯的红，
陕北的女娃属上这垯的俊。

扛上长竿打红枣，
对对姐妹对对笑。

大队的八路军开步走，
大把的红枣塞进手。

“吃我的红枣不要钱，
嘴里吃了心里甜。”

“吃你的红枣我记账，
流水账写在枪尖上。”

“消灭了敌人勾了账，
回来再闻你枣花香!”

1945年10月5日，吴堡

九　看见妈妈

满地的鸡娃叫咕咕，
老婆婆跪在当院簸秕秫。

糠皮皮落到她头发里，
汗珠珠洒到她簸箕里。

看见老婆婆脸上笑，
我的心里咚咚跳。

这婆婆的眉眼好熟惯，
好像在哪里见过面？

看前身好像是妈妈样，
看后影好像是亲娘！

眼前好像一场梦，
一脚踏进自家门！

…………

提起家来家乡远，
三千里外，隔水又隔山。

十四上离了自家门，
十六岁参加了八路军。

还记得那太阳落西山，
还记得那灶火冒青烟。

还记得满地的鸡娃叫咕咕，
还记得妈妈在院里簸秕秫。

还记得糠皮皮落到妈妈头发里，
还记得妈妈的汗珠落到簸箕里。

还记得我离家那一晚，
油灯直点到捻子干。

妈妈手拿棉花纺不成线，
泪水打得棉线断。

第二天她把我送出家门外，
我从那儿越走越远不回来。

…………

啊，可怎么今天回了家，
又看见自己亲妈妈！

妈妈啊，手里的簸箕快放下，
你看啊，儿子今天回来啦！

“年轻的八路军你认错了人，

擦干眼泪你看清!”

哦！年轻的八路军认错了人，
擦干眼泪，我啊，我看清：

我姓贺来她姓陈，
她原是本地的老百姓。

咳，妈妈呵，说我错认我没错认，
叫我看清我早看清。

人模样虽有千千万，
模样不同心一般!

八路军啊，老百姓，
本就是母子骨肉亲。

哪一棵秕秫不结子?
哪一个穗穗不连根?

为了爹妈不受穷，
为了我们要翻身;

庄子里才出了我们扛枪的人，
土地上生长了我们八路军。

黑天白日打敌人，
千山万水向前进!

一天换一个地方扎，
一天就回一次家！

一天就回一次家，
一天一回看妈妈！

看见妈妈笑吟吟，
两手就能举千斤。

看见妈妈笑呵呵，
铁打的堡垒也冲破。

为了妈妈生和死，
水里来了火里去！

为了妈妈死和生，
烂了骨头也甘心！

1945 年 10 月 3 日，郝家坪

十　黄河畔

黄河畔，高高山，
高高山上一圪尖，
圪尖上站定一只鹰，
眼望东方盼天明。

头上顶天河，
脚下踏黄河；
千里黄河波浪涌，
万里风云耳边过……

乌云揭开东方红，
眼望东方大叫两三声！

大叫几声双展翅，
今天飞向河东去。
万里长城挂明灯，
千里路上插红旗！

1945年10月5日，黄河畔

十一　过黄河

风卷黄河浪，
一片闹嚷嚷，
大队人马来到河畔上。

船尾接船头，
船头接船尾，
艄公破水把船推。

人马上了船，
艄公收了纤，
吆喝一声船儿离了岸。

艄公扳转桨，
船儿调转头，
哗啦啦排开顺水流。

船到河当中，
人心如拉弓，
七尺的大浪直往船边涌！

老艄稳稳站，
小艄用力扳，
声声吼叫震响万丛山。

青山高千丈，
太阳明晃晃，
赤身子的小艄站在船头上。

老艄眼瞅定，
胡采飘在胸，
他的那口号如军令。

黄河五千年，
天下第一川，
河上的风浪他熟惯。

扳过了大浪头，
大船靠了岸，
船头上跳下我们英雄汉。

头顶火烧云，
脚踏河东地，
五尺大步走向胜利去！

1945年10月5日，碛口

十二　临南民兵

清格朗朗的流水兰格英英的山，
山前里一片大枣园。

东边一个塔来西边一个塔，
羊肠小路穿在当隔拉。

村名就叫双塔村，
临南县里它有名。

绿叶里藏的枣儿红，
枣林里藏的众英雄。

人民的英雄是真英雄，
临南的民兵八百名。

八百条好汉集中受训练，
要上前方去参战！

射击投弹埋地雷，

各样的武艺都学会。

刺枪好比猛虎斗，
冲锋好像鱼儿游。

埋地雷好像龙戏珠，
投弹好像狮子滚绣球。

繁峙县有个摩天岭，
民兵的本领比它高三分。

西楚的霸王力气大，
比不上咱们民兵脚趾甲。

武器拿在人民的手，
神担忧来鬼发愁。

前半月打了回离石城，
一声春雷遍地惊。

三五八旅英雄将，
临南民兵配合上。

大水漫了搁浅的船，
离石城叫咱围了个严。

离石的城墙五丈高，
顽固的敌人守得牢。

头一回冲锋没攻下，
接连着又把命令发。

第二道命令往下传，
民兵又把梯子搬。

一排炮打破了半拉城，
咱们的人马往里涌！

搁浅的船儿裂了缝，
水满船舱往下沉。

守城的敌人缴了枪，
跑走的叫民兵消灭光。

民兵和战士肩并肩，
小伙子个个都勇敢。

英雄的故事传遍河东地，
小杨树见了民兵也敬礼。

姑娘们给英雄献瓜果，
我给英雄们唱赞歌。

唱一阵歌来拉一阵话，
“太原城里再会吧！”

1945 年 10 月 9 日，双塔村

送参军

一

鸡冠花开花满院子红，
因为你参军我光荣。

鸡冠花开花红满院，
咱俩同意心情愿。

二

咱麦地里没有那扎扎草，
你不当那样的“草鸡毛”[1]。

咱家麦地里没有那蒲萝蔓[2]，
我不当拉尾巴的把你缠。

---

① “草鸡毛”，北方讥语，胆怯的人。

② 蒲萝蔓，一种蔓生的野草。

年轻的男人当了“草鸡毛”，
羞不羞来臊不臊？

年轻的媳妇落了拉尾巴的名，
大伙的言语一阵风。

三

嘴唇贴在碗边上，
端起饭碗想一想。

贼羔子过来抢饭碗，
翻身的人们怎么办？

“草鸡毛”见了炕洞里藏，
英雄见了拿刀枪！

一盏明灯对面照，
咱俩的思想打通了。

四

七月的高粱先打苞，
第一个你就把名报。

一脚跳到台子上，
对着乡亲们把话讲。

东风刮得云往西，
人人的眼睛瞅着你。

你当火车头你挂钩，
全村的青年跟你就伴走。

风刮杨树叶哗哗响，
人人冲你拍巴掌！

我顺着人缝瞅一瞅，
心里高兴说不出口。

五

十八面大鼓二十四面钗[①]，
对对铜锣亮洒洒。

锣鼓当当震翻天，
大旗飘飘在头前。

里八层来外八层，
街上人们围得不透风。

村长给你拉上马，
指导员给你戴上花。

---

① 钗，即铜钹。

隔着人堆我挤不上去，
大伙儿关心不用我结记。

六

马上的红绸迎风飘，
年轻的英雄们上马走了！

马蹄子踩得咯哒咯哒响，
尘土扬在大道上。

三十四走马三十个人骑，
一般的模样我认不出了你。

瞅着人影慢慢小，
瞅着瞅着走远了。

心里喜欢脸上笑，
谁还有那些个眼泪往外掉？

七

马前的道路马后的土，
你只管向前莫退后。

一根鞭子你手里拿，

你别忘了夜黑价[1]那句话。

心思使在那枪头上，
力气用在那刀尖上。

为了土地、庄田、爹娘还有我，
你勇敢打仗没有二话说！

1947年2月16日，冀中郝家庄

① 夜黑价，意即昨天晚上。

搂草鸡毛[①]

打锣鼓，放鞭炮，
火花钻天好热闹！
张庄街上人挤满，
喇叭筒叫喊闪开了道——
四面锣，四面鼓，
四杆大旗迎风飘，
八个英雄马上坐，
十字披红面带笑。
手挽缰绳挺起胸，
连叫“乡亲们您听着：
参军打老蒋，
咱们把名报！”
“翻身的人们志气高，
咱张庄的小伙子可没落了草鸡毛！”

英雄们说得正带劲，
咳！猛然有人喊“报告”：

① 在参军运动中，村村挑战，如甲村未能完成计划，乙村参军青年即集队赴甲村游行示威，谓之“搂草鸡毛”。

"快收锣鼓快卷旗，
这个事情不好了！
光顾咱村闹得好，
王庄的参军糟了糕，
小伙子们耷拉了脑袋泄了气，
到这会儿一个名字也没报！"

英雄们一听好气恼：
"王庄的人们真算孬！
咱张王二村挑的战，
为什么你们不沾①了？
好！乡亲们，快打马，
咱们到王庄搂搂他的草鸡毛！"

说打马，就打马；
说出发，就出发！
大旗一摆出了村，
人马直奔王庄道——
马尾接马头，
马头接马尾，
尘土滚滚遍地飞！

一阵子好跑没住脚，
眼下王庄来到了。
村头道边勒住了马，
冲着街里高声叫：

---

① 不沾，不行之意。

"王庄的人们出来吧，
叫咱们见识见识草鸡毛！"

这一句话儿还没落音，
忽然村里放鞭炮！
登时街上人挤满，
喇叭筒叫喊闪开了道——
八面鼓，八面锣，
八杆大旗迎风飘，
十六个英雄马上坐，
双十字披红面带笑！

张庄的一看说："毁了，
这回的草鸡毛大半搂差了……"

王庄的英雄赶上前，
开口就把张庄的叫：
"今天到此有什么事？
听说要搂俺王庄的草鸡毛？"

"哎，对……对不起，闹错了，
兄弟哥儿们担待着……"

"哼！隔着门缝来看人，
太把俺王庄看扁了。
对着大海你看不见深？
对着高山你看不见高？"
"咳……您别气，您别恼，

俺们给您赔礼了!”
张庄的上前一鞠躬,
王庄的点头还礼哈哈笑。
立时两村人马合一家,
手拉着手儿脚靠着脚;
肩膀头一比一般齐,
大旗一晃一般样的高。
这个说:“咱们翻了身,
参军都把名来报!”
那个说:“提起打老蒋,
谁不是火冒三尺高?”
“咳!翻身的小伙子挺胸站,
谁肯落一个草鸡毛?”

英雄们说得正带劲,
咳,猛然又有人喊“报告”:
“快收锣鼓快卷旗,
这一回实打实的不好了!
光顾咱两村闹得好,
李庄的参军糟了糕,
小伙子们个个都是往后‘捎’①,
到这会儿一个名字也没报!”

两村的英雄一听好气恼:
“李庄的人们真算孬!
刚说都是英雄汉,

① “捎”,读去声,后退之意。

一转眼就出了你们这草鸡毛？
咱三村挑的连环战，
就是你们不沾了？
好！乡亲们，快打马，
到李庄搂搂那实打实的草鸡毛！”

说打马，又打马；
说出发，又出发！
大旗一摆出了村，
人马直奔李庄道——
马尾接马头，
马头接马尾，
尘土滚滚遍地飞！

一阵子好跑没住脚，
眼下李庄来到了，
村头道边勒住了马，
冲着街里高声叫：
“李庄的人们出来吧，
叫咱们见识见识实打实的草鸡毛！”

这一句话儿还没落音，
咳，又听村里放鞭炮！
登时街上人挤满，
喇叭筒叫喊闪开了道。
十二面锣，十二面鼓，
十二杆大旗迎风飘，
二十四个英雄马上坐，

全身披红面带笑。

张王二庄的一看说:“毁了又毁了,
这一回的草鸡毛又叫咱搂差了……”

李庄的英雄赶上前,
开口就把张王二庄叫:
“今天到此有什么事?
听说您两村合伙来搂俺李庄的草鸡毛?”
“哎,对……对不起,又闹错了,
兄弟哥儿们担待着……”

“哼,隔着筛子眼来看人,
太把俺李庄的看小了!
眼对着太阳你看不见亮?
头顶着青天你看不见高?”

“咳……您别气,您别恼,
俺们给您赔礼了!”
这边的上前一鞠躬,
那边的点头还礼哈哈笑。
立时三村人马合一家,
手拉着手来脚靠着脚;
肩膀头一比一般齐,
大旗一晃一般样的高。
这个说:“翻身得了地,
哪一棵高粱不打苞?”
那个说:“东方天要亮,

是公鸡谁不把名(明)报?”
“咳！抬起头来看一看，
实实在在没有一个草鸡毛!”

英雄们越说越带劲，
一声更比一声高！
哎，哪知道，赶得巧，
又有人截住话头喊“报告”……
“咳！去你的吧，别说了，
又是出了你的什么草鸡毛！
再不听你那一套，
一回一回尽是胡造谣!”
“哎，哥儿们，别蹦套[1]，
这一回您是误会了，
这事情可是大不同，
您手搭凉棚四下里瞧——
东南一片尘土扬，
西北上风刮大旗飘；
看，各路的人马滚滚来，
铺天盖地来到了!”

“什么旗，什么号?
什么枪，什么刀?”
“翻身旗，翻身号！
英雄枪，英雄刀!”

---

① 蹦套，牲口脱开绳套，喻人发怒。

为头的快马一阵风，
进了村口高声叫：
“咳！张王李庄的同志们，
快快打马奔大道！
翻身团[①]里集合了，
各路的英雄都来到！
就差你们三个村，
听说你们闲着没事来搂草鸡毛。
咳，瞎胡闹！
咱们千万人民都是英雄汉，
哪里去找什么草鸡毛！
同志们：快出发！
快上战场打胜仗，
南京城里去搂那真正的草鸡毛！”

咳！阵阵锣鼓阵阵号，
一阵阵人欢马又叫！
千万英雄上战场，
老蒋兵败如山倒。
胜利的消息传万里，
南京城头红旗笑——
总统府里搜，
英雄脚下扫：
搂着了，搂着了，
这一撮实打实的草鸡毛！
火里扔，水里撩，

① 翻身团，土改后农民参军组成新兵团，改编正规军前暂名翻身团。

撒向东海浪滔滔……
太阳一出喊“报告”：
人民的天下开始了！

1947 年 3 月初稿
1948 年 7 月修改

笑

大雪飘飘，
大雪飘飘，
一阵北风
撕开了满天的棉花桃！
棉花桃
搂头盖顶往下落啊，
往下落！

好一个快活的农民翻身年呀，
你脚踏北风，
身披鹅毛，
满面红光，
欢天喜地来到了！

奔谁来呀？
奔我来。
——张老好啊，
我知道。

我迎出你大门外，
我迎上你人行道……
啊，耀眼的红灯！
震耳的鞭炮！
啊，东边“吹歌”[1]响，
西边锣鼓敲！

——这不是你吗？
你放羊的刘大采；
还有你呀，
当“善友”[2]的孙二嫂；
你，老明——咱农会主席；
你，三成——咱贫农代表；
…………

穷哥儿们呀，
好啊，好！
过年好！

——这是咱们的翻身年啊！
盘古开天辟地到如今，
这是头一遭！

张老好呵，
我笑，我笑！

---

① “吹歌”，河北民间乐队组织，或作“吹歌会”。
② “善友”，指地主女仆。

我哈哈笑！

我笑得那石头咧开了嘴，
我笑得那大树折断了腰，
我笑得那刘三爷门前的旗杆
喀嚓一声栽倒了！

“好子大伯，怎么啦？
疯了？傻了？
怎么一个劲儿地这么笑？”

怎么一个劲儿地这么笑？
孩子们啊，
眼前的这一桩奇景你瞧瞧：

那秋后的大麻，
叫人家把根削了，
把皮剥了，
水里浸了，
火里烧了，
沤了，烂了，焦了。

……一年两年过去了。
千年万载过去了。

啊！猛然间，
雷声响！——
天开了，

冰消了！
梦也梦不见的
春天来到了！
眼睁睁地，
它又发了芽，
它又长了苗！
绿油油的叶儿一“扑棱”①，
红登登的花儿迎风摇！
——我张老好啊，
受苦受罪的张老好，
啼哭了一辈子的张老好，
水里沤，火里烧，
喘不上气的张老好，
今天啊，翻了身了！

“热到三伏，
冷在中九，
活泼拉拉春打六九头。”
孩子们呵，
到了咱笑的节气了，
到了咱笑的年月了。

看着你，我笑，
看着他，我笑；
看着我的家，我的房；
看着我的锅，我的灶；

① “扑棱”，形容植物枝叶茂盛的状态。

看着我一家大和小；
我笑啊，我笑！
我怎么能不笑？

……这一旁，
我的媳妇罗白面；
那一边，
我的老伴把饺子包。
她东间转，西间跑，
搁下担杖拿起筲[①]，
又忙拉风箱，
又忙把火烧，
左手才把笼揭开，
右手又掂切菜刀……
哈哈！看着看着，
我又笑。

老婆子，
我笑的是你呀！
小心点，
别叫热气熏坏了眼，
别叫灶里的火苗烧坏了你那衣裳角！

呃，怎么啦？
谁又惹你不高兴：
平白无故，

① 筲，即小桶。

你的脸色怎么改变了？
你低下了头，
弯下了腰，
泪珠子怎么又要往下掉？

咳！老娘儿们呀，别价了，
你思想的事儿我知道。
准又是你那个——
“苦根根呀苦苗苗，
受苦受罪的张老好，
咱给刘三爷扛活三十年，
熬白了头发累折了腰，
卖了咱那亲生女，
手提篮儿把饭要，
星星出呀星星落，
做梦也想不到有今朝！”

是的呀，老婆子，
这就是“翻身”呀，
这就是咱们的世道。

唔，小孙子，去，
把咱门上的对子，
给你奶奶念道念道，
大声点，告诉她——
“土——地——改——革——
农——民——翻——身——”
告诉她啊，这都是，

咱们共产党来领导！

可是呀，小孙子，
你也别笑话你奶奶啊，
要知道，
难过的日子，
叫你爷爷奶奶受完了，
好过的日子
叫你赶上了！
走吧，跟爷爷出去，
看看咱那才分的十五亩地，
——看看咱那“马兰道”①。

“马兰道”呀“马兰道”，
你的主人我来了！
你看我围着你走，
你看我围着你绕，
三百二十单八步，
一十五亩，
分厘也不少。

“马兰道”呀，
你是我的命根子，
有了你，
我从今后日子过得好，
再不怕他活阎王刘三毛！

---

① “马兰道”，地块名。

刘三毛呀，
叫咱扳倒了，
受苦的汉子挺起了腰！

……呃，巧！
可怎么，“说着曹操，
曹操就到？”

“啊，那不是刘三爷吗？
怎么狐皮风帽也不要了？
羔皮马褂也不罩了？
出门也不吩咐老好把车套了？”

“咳……好子叔……
您别……别逗笑……”

呸！我吐你一口！
你也会“叔”长“叔”短啦？
你改了你那老调啦？
怎么？还想不想叫我给你
磕头下跪，
端屎捧尿？
还想不想再逼我去卖亲生女，
再逼我三尺麻绳去上吊？

——告诉你吧，不行啦！
变了天啦！
你的那“荣华富贵”过去了，

这人们的“光明世界”来到了！

穷哥儿们呀，
时候到了：
该走的走了，
该来的来了。

花到如今——
该开的开了，
该落的落了。

事到如今——
该哭的哭了，
该笑的笑了。

弟兄们呵，
笑吧，笑！
哈哈笑！
让咱们男男女女，
老老少少，
翻了身的穷人一齐笑！

大采，
快把咱街上的红灯点着，
看咱们
“翻身”灯，
“解放”灯，
“胜利”灯，

“光荣”灯……
一盏两盏、千盏万盏一齐照!

三成!
叫咱“吹歌会”的好把式们
好好地吹来好好地闹!
吹出来,
咱们的
“快活”调,
“幸福”调,
“自由”调,
“团圆”调……
一番两番、十番百番,
吹他个红花满地落!

喂!
把咱那大鼓大铙,
也抬出来,
用劲地敲!
咳!把咱那大喇叭筒
也拿出来,
走上广播台,
大嗓地叫!
——普天下的人们呀,
都听着:
天翻了个了,
地打了滚了,
千百万穷汉子站起来了!

——亲爱的毛主席呀，
您听着：
只因为有了您，
咱们的苦罪再也不受了，
幸福的日子来到了！

——什么比海深呵？
什么比天高？
毛主席的恩情比海深呀，
受苦人的力量比天高！
——我们是，
千千万、
万万千，
环结环、
套结套，
紧又紧、
牢又牢，
铁打的长城心一条！

挑起大红旗呵，
吹起震天号！
踢开活地狱呵，
踏上光明道！

消灭他千年老封建，
推翻他蒋介石小王朝，
看咱们：

刨他的根，
挖他的苗！
迎着大狂风，
架起大火烧！

叫他在风里啼哭，
叫他在火里喊叫，
叫他们今天
在咱们脚下死掉！

我们抬头，
我们大笑！
笑啊，笑！
哈哈笑！
千人笑！
万人笑！
笑他个疾风暴雨，
笑他个地动天摇！
笑他个千里冰雪开了冻，
笑他个万里大海起了潮！

1947 年 2 月，冀中束鹿郝家庄

回延安

一

心口呀莫要这么厉害地跳，
灰尘呀莫把我眼睛挡住了……

手抓黄土我不放，
紧紧儿贴在心窝上。

……几回回梦里回延安，
双手搂定宝塔山。

千声万声呼唤你，
——母亲延安就在这里！

杜甫川唱来柳林铺笑，
红旗飘飘把手招。

白羊肚手巾红腰带，

亲人们迎过延河来。

满心话登时说不出来，
一头扑在亲人怀……

二

……二十里铺送过柳林铺迎，
分别十年又回家中。

树梢树枝树根根，
亲山亲水有亲人。

羊羔羔吃奶眼望着妈，
小米饭养活我长大。

东山的糜子西山的谷，
肩膀上的红旗手中的书。

手把手儿教会了我，
母亲打发我们过黄河。

革命的道路千万里，
天南海北想着你……

三

米酒油馍木炭火，

团团围定炕上坐。

满窑里围得不透风，
脑畔上还响着脚步声。

老爷爷进门气喘得紧：
“我梦见鸡毛信来——可真见亲人……”

亲人见了亲人面，
欢喜的眼泪眼眶里转。

保卫延安你们费了心，
白头发添了几根根。

团支书又领进社主任，
当年的放羊娃如今长成人。

白生生的窗纸红窗花，
娃娃们争抢来把手拉。

一口口的米酒千万句话，
长江大河起浪花。

十年来革命大发展，
说不尽这三千六百天……

四

千万条腿来千万只眼，
也不够我走来也不够我看！

头顶着蓝天大明镜，
延安城照在我心中；

一条条街道宽又平，
一座座楼房披彩虹；

一盏盏电灯亮又明，
一排排绿树迎春风……

对照过去我认不出了你，
母亲延安换新衣。

五

杨家岭的红旗啊高高地飘，
革命万里起高潮！

宝塔山下留脚印，
毛主席登上了天安门！

枣园的灯光照人心，
延河滚滚喊“前进”！

赤卫军……青年团……红领巾，
走着咱英雄几辈辈人……

社会主义路上大踏步走，
光荣的延河还要在前头！

身长翅膀吧脚生云，
再回延安看母亲！

1956年3月9日，延安

放声歌唱

一

无边的大海波涛汹涌……
啊,无边的
　　　　大海
　　　　　　波涛
　　　　　　　　汹涌——
生活的浪花在滚滚沸腾……
啊,生活的
　　　　浪花
　　　　　　在滚滚
　　　　　　　　沸腾!
啊啊!是何等壮丽的景象——
我们祖国的
　　万花盛开的
　　　　大地,
　　光华灿烂的
　　　　天空!

你，在每一天，
在每一秒钟，
都展现在
我的眼前
和我的
心中。
我的心
和着
马达的轰响，
和青年突击队的
脚步声，
是这样
剧烈地
跳动！
我
被那
钢铁的火焰，
和少先队的领巾，
照耀得
满身通红！
汽笛
和牧笛
合奏着，
伴送我
和列车一起
穿过深山、隧洞；
螺旋桨
和白云

环舞着，
伴送我
和飞机一起
飞上高空。
……我看见
星光
和灯光
联欢在黑夜；
我看见
朝霞
和卷扬机
在装扮着
黎明。
春天了。
又一个春天。
黎明了。
又一个黎明。
啊，我们共和国的
万丈高楼
站起来！
它，加高了
一层——
又一层！
来！我挽着
你的手，
你挽着
我的胳膊，
在我们

如花似锦的
道路上，
前进啊
一程——
又一程！
在每一平方公尺的
土壤里，
都写着：
我们的
劳动
和创造；
在每一立方公分的
空气里，
都装满
我们的
欢乐
和爱情。
社会主义的
美酒啊，
浸透
我们的每一个
细胞，
和每一根
神经。
把一连串的
美梦
都变成
现实，

而梦想的翅膀
又驾着我们
更快地
飞腾……

啊，多么好！
我们的生活，
我们的祖国；
啊，多么好！
我们的时代
我们的人生！

让我们
放声
歌唱吧！
大声些，
大声，
大声！

把笔
变成
千丈长虹，
好描绘
我们时代的
多彩的
面容，
让万声雷鸣
在胸中滚动，
好唱出
赞美祖国的
歌声！

二

但是，
在我们
万花起舞的
花园里，
我看见
花瓣
在飘洒着
露水；
在我们
万人狂欢的
人海里，
我看见
那些睫毛的下面
流下了
眼泪……
啊，我知道——
最久的
最深的痛苦，
常常是
无声的饮泣。
而最初的
最大的
欢乐，
一定有
甜蜜的泪水

伴随！

“……啊，这是怎么回事？

这是谁？——

是他？

是我？

还是你？

……这是在哪里？

在我的家？

我的街道？

在我们自己的

土地？……”

是什么样的神明

施展了

这样的魔力，

生活啊

怎么会来得

这样神奇？——

长安街的

夜景啊

怎么竟这样迷人？

大兴安岭的

林场啊

怎么竟如此美丽？

一片汪洋的

淮河两岸

怎么会

万顷麦浪？

百里无人的

不毛之地
怎么会
烟囱林立？
为什么
沙漠
大敞胸怀
喷出
黑色的琼浆？
为什么
荒山
高举手臂
捧献出
万颗宝石？
啊，我的曾是贫困而孤独的
乡村，
今夜
为什么
笑语喧哗？
我的曾是满含忧愁的
城镇，
为什么
灯火辉煌
彻夜不息？
为什么
那放牛的孩子，
此刻
会坐在研究室里
写着

他的科学论文

为什么

那被出卖了的童养媳，

今天

会神采飞扬地

驾驶着

她的拖拉机？

怎么会

在村头的树荫下，

那少年飘泊者

和省委书记

一起

讨论着

关于诗的问题？

怎么会

在怀仁堂里

那老年的庄稼汉

和政治局委员们

一起

研究着

关于五年计划的

决议？

甘薯啊，

为什么这样大？

苹果啊，

为什么这样甜？

爱人啊，

为什么这样欢欣？

孩子啊，
　　为什么这样美丽？……
啊，第一声
　　　　由衷的
　　　　　　笑语，
　　第一口
　　　　甘美的
　　　　　　乳汁，
啊，第一次
　　　　走上
　　　　　　天安门的台阶，
第一次
　　跨进
　　　　青年作者的选集，
第一架
　　自己的喷气式飞机
　　　　在天空歌唱，
第一辆
　　解放牌汽车
　　　　在道路上奔驰……
啊！我们
　　　　生命的
　　　　　　彩笔，
蘸着欢乐的
　　泪水，
在我们的自传
　　和我们祖国历史的
　　　　纸页上，

写着的
是千万个：
“第一……
“第一……
“第一……”
而你啊，
“命运”姑娘，
你对我们
曾是那样的残酷无情，
但是，今天
你突然
目光一转，
就这样热烈地
爱上了我们，
而我们
也爱上了你！
而你啊，
“历史”同志，
你曾是
满身伤痕、
泪水、
血迹……
今天，我们使你
这样地骄傲！
我们给你披上了
绣满鲜花、
挂满奖章的
新衣！

但是，
为什么？
为什么？
为什么？
为什么会这样？
回答吧，
这个问题。
当然，
这并不是
什么难题，
答案，
就在这里——
就是
他！
我！
和你！
“人民”——
我们壮丽的
英雄的
名字！
在中国的
神话般的
国度里，
创造一切的
神明
正是
我们自己！
但是，

在我们心脏的
炉火中，
在我们血管的
激流里，
燃烧着、
沸腾着的，
却有一个共同的
最珍贵的
元素，
我们生命的
永恒的
活力——
这就是：
党！
我们的党！
党的
血液，
党的
脉搏，
党的
旗帜，
党的
火炬！——
党，
使我们这样地
变成巨人！
党，
带领我们

这样地
创造了奇迹！
读吧，
念吧，
背诵吧！——
在我们辽阔的大地上
铭刻着的
就是这个
真理，
在我们伟大人生的
怀抱里，
隐藏着的
就是这个
秘密！

三

……春风。
秋雨。
晨雾。
夕阳。……
……轰轰的
车轮声。
嗒嗒的
脚步响。……
啊，《人代会决议》，
和新中国地图
在我手中，

党员介绍信
紧贴着
我的胸膛。
我走进农村。
我走进工厂。
我走向黄河。
我走向长江。……
五月——
麦浪。
八月——
海浪。
桃花——
南方。
雪花——
北方。……
我走遍了
我广大祖国的
每一个地方——
呵,每一个地方的
我的
每一个
故乡!

……在高压线
飞过的
长城脚下,
在联合收割机
滚动着的

大雁塔旁，
在长江大桥头的
黄鹤楼上，
在宝成铁路边的
古栈道旁……
我看见
你们——
我们古代的诗人们！
你们正站在云端
向我们
眺望。
在我们的合唱声中，
传来
你们的惊叹声，
在我们的工作服上，
投下
你们羡慕的眼光……
呵，我熟读过你们的
《登幽州台歌》、
《茅屋为秋风所破歌》……
那无数美妙的
诗章。
但是，
面向你们，
我
如此地骄傲！
我要说：
我们的合唱

比你们的歌声
响亮!
啊啊……“前不见古人”……
但是,
后——有——来——者!
莫要
“念天地之悠悠”吧,
莫要
“独怆然而涕下”……
“君不见”——
“广厦千万间”
已出现在
祖国的
“四野八荒”!

啊,我们的前辈古人,
希望啊,
希望,
希望,
梦想啊,
梦想,
梦想……
而你们何曾想见
今日的祖国
是这样的
灿烂辉煌!
你们的千万支神来之笔啊
怎么能写出

我们时代的
社会主义的
锦绣文章?!
“语不惊人死不休”——
又向哪里
去找
这最壮丽的语句——
“党!”
“我们的党!”
党啊——
我们祖国的
青春
和光荣,
党啊——
我们社会主义事业的
信心
和力量!……

啊!我走进
我的支部。
我走进
我的厂房。
我打开
星光灿烂的
《毛泽东选集》,
我登上
“红旗漫卷西风”的
山冈。

我踏着
　　工农红军的
　　　　二万五千里足迹，
我翻过
　　党的伟大史诗——
　　　　千山万岭的篇章……
从第一个
　　共产主义小组，
　　　　到今天的
　　　　　　我的支部——
我们的党员名单
　　是何等壮丽的
　　　　英雄榜！
我们党的心
　　和六万万人民的心
　　　　结成的联盟，
　　是何等伟大的
　　　　铁壁铜墙！
我听见：
　　我们的大地上
　　　　卷起的
　　　　　　入党宣誓的
　　　　　　　　不息的风暴！
我看见：
　　千万双手
　　　　举起的
　　　　　　入党申请书的
　　　　　　　　海洋！——

“啊！我们依照
先烈的榜样，
为实现
共产主义的理想，
让我们
把一切
献给
亲爱的祖国吧！
让我们
把一切
献给
亲爱的党！……”
啊，今天——
我们亲爱的党
三十五周岁的
诞辰——
“七一”！
伟大的共和国纪元后的
第七个
“七一”！——
我们又该怎样
十倍地欢呼呵，
百倍地
歌唱?！
但是，
并没有举行
盛大的纪念，
并没有

雷动的掌声、
手臂的森林
出现在
会场、广场。
……在中南海，
那一张
朴素的写字台旁，
毛泽东同志
正在起草
党的第八次大会的开幕词；
在国务院，
第二个五年计划的建议书上
正凝结着
并肩的人影
和午夜的灯光。
在统战部，
党的代表
正和朋友们一起，
倾谈："长期共存，
互相监督"；
在科学艺术大厅，
党的语言
正像春雷一样
唤起：
"百家争鸣"，
正像春风一样
吹开：
"百花齐放"！……

啊！在千万个
矿井
和织布机旁，
煤炭
和布匹的
洪流，
又在突破
定额的
水位；
在千万顷
稻田
和麦地里，
早稻
和新麦的
行列，
正千军万马
奔向
粮仓！……
啊啊，正是这样！
在节日里，
我们的党
没有
在酒杯和鲜花的包围中，
醉意沉沉。
党，
正挥汗如雨
工作着——
在共和国大厦的

建筑架上！
啊啊，正是这样！
党的伟大纪念日，
像共和国的
每一个工作日
一样地
忙碌、紧张。
但是，
在我们忙碌、紧张的
每一个工作日里，
难道我们不是
每时每刻
在纪念着
我们的党？！
啊，我们共和国的
每一个形象里，
每时每刻
都在显现着——
党的
历史，
党的
光荣，
都在活跃着——
党的
思想，
党的
力量。
你听，

你听！——
省港大罢工的
呼号声，
在我们的
鼓风炉里
正呼呼作响，
你看
你看！——
南昌起义的
鲜血，
在我们的
炼钢炉中
正滚滚跳荡！
啊，在农业合作社的
麦场上，
正飘扬着
秋收起义的
不朽的红旗！
在基本建设的
工地上，
正闪耀着
延安窑洞的
不灭的灯光！……
啊！井冈山——
宝塔山！
——我们稳固的基石，
老红军——
老八路！

——我们的钢骨铁梁！
这就是
我们共和国大厦的
质量的保证！
这就是
为什么
我们的万丈高楼
会这样地
坚强雄伟
——青云直上！
让科学的最新成就——
示踪原子
来检验
我们的工程吧！
让历史上
我们前辈的奠基者
和后辈的验收员们
来品评我们——
给我们应得的
鉴定
和赞扬！……
啊，请我们革命的先烈
巡视
我们的大地，
让他们说：
“我们的鲜血得到了报偿。
后来的同志们
在实现

我们的理想……”
啊，请伟大的马克思、列宁
走上
我们党代表大会的
主席台，
让导师们说：
“我们的预言实现了。
社会主义的曙光
已出现在东方！”
啊，请未来世纪的公民们
聚集在
我们建设的蓝图上，
让孩子们说：
“我们的生活更美丽，
但是，
毛泽东同志工作的
那个时代，
给我们开辟的道路
已经是
那样宽广！……”

啊！公民们！
同志们！
我们的生命
就是活在
这样的时代！
我们的双脚
就是踏在
就是踏在

这样的道路上！
世上
还有什么
更大的
欢乐
和骄傲?！
世上
还有什么
更大的
光荣
和力量?！——
“我，
中国共产党党员。”
“我，
中华人民共和国公民。”
“我，
社会主义事业的
建设者。”
“我，
毛泽东同志的
同时代人。”
啊！假如我有
一百个大脑啊，
我就献给你
一百个；
假如我有
一千双手啊，
我就献给你

　　一千双；
假如我有
　　一万张口啊，
我就用
　　一万张口
　　　　齐声歌唱！——
歌唱我们
　　伟大的
　　　　壮丽的
　　　　　　新生的
　　　　　　　　祖国！
歌唱我们
　　伟大的
　　　　光荣的
　　　　　　正确的
　　　　　　　　党！！

四

而现在，
在我的
　　献给祖国、
　　　　献给党的
　　　　　　诗篇里，
我要来歌唱，
　　关于：
　　　　我——
　　　　　　我自己。

呵，
“我”，
是谁?
我呵，
在哪里?
……一望无际的海洋，
海洋里的
一个小小的水滴，
一望无际的田野，
田野里的
一颗小小的谷粒……
——我啊，
一个人
有什么
意义?
为什么
要把我自己
提起?

……一个寒冷的黑夜。
在一间
漆黑的
茅屋里：
一块残缺的
炕席，
一把破烂的
棉絮——
我，

生下来了……
我的
第一声
呼喊，
唤起
母亲的
连声叹息：
“天呵！
叫我怎么养活呵——
这个可怜的小东西？……”

……在一片荒凉的土地上。
一个
可怕的
天气！
刮着
大风，
下着
大雨。
我，
奔跑着，
奔跑着……
跌倒在
泥水里，
怎么
也爬不起……
我的慌乱的眼光，
迎着

父亲的
严厉呵斥：
“看你！就是这个样子！
命里注定：
一辈子不会有
什么出息！……”

啊！我亲爱的母亲！
现在，
我已经
三十二岁。
父亲呵，
你看！
我
站在
这里！——
在这
镰刀斧头和五星
交相辉映的
旗帜下，
在我们亿万人
肩并肩、臂挽臂
前进的
行列里！
我啊
在党的怀抱中
长大成人，
我的

鲜红的生命
　　写在这
　　　　鲜红旗帜的
　　　　　　皱褶里。
祖国啊，
　　你给我
　　　　无比光荣的名字：
　　　　　　“公——民”，
党啊，
　　你给我
　　　　至高无上的称号：
　　　　　　“同——志”！
我的工作：
　　为祖国
　　　　劳动
　　　　　　和歌唱，
我的誓词：
　　“为共产主义
　　　　奋斗
　　　　　　到底！”

啊，在党委组织部的
　　　　档案袋中，
　　我的眼睛
　　　　正闪闪发光，
　　在人民共和国的
　　　　公民簿上，
　　我的头

正高高地
昂起！
我啊，
和我们的
毛主席
一起
呼吸，
我啊，
和我的同志们
一起攀登
共和国大厦的
阶梯。
在祖国
千里江山的
画图中，
有
我的身影！
在万里晴空的
明镜里，
映照出：
我面前的道路，
是
这样的
壮丽！……

啊，也许
白发的积雪
将会淹没

我的头顶，
也许
岁月的河流
将会冲去
我许多的记忆，
但是，我
永远地
永远地
不会衰老，
因为，你——
党啊
永远地……
永远地
在我心里！
我的少年先锋队的孩子们啊，
让你们的红领巾
飘拂着
远航的白帆，
千百次地
从我的眼前
闪过吧！
我祝福你们，
但是，
并不叹息——
说在我的
少年流浪的
道路上，
有多少回

饥渴、
眼泪、
伤寒、
疟疾……
我的共青团员兄弟们啊，
让你们的
显微镜片
和毕业证书，
千百次地
在我的面前
闪耀吧！
我羡慕你们，
可是，
并不妒嫉……

啊！……
在那座
倒坍的文昌庙
隐蔽的
角落里，
我，
和我的小伙伴们，
躲过
三青团的
狗眼，
在传递着
传递着
我们的

"火炬"——
啊,我的
《新华日报》[①],
我的
《大众哲学》[②],
我的
《解放周刊》[③],
我的
《活跃的肤施》[④]! ……
——"决定吧?!"
——"决定了!!"
"我们
到'那边'去! ——
到
我——们——的
延——安——去!"……

啊,我的共和国的千百万母亲啊,
在每一分钟内,
有多少个婴儿
诞生在
你们的怀抱里!
而我的
真正的生命,

---

① 《新华日报》,当时党在国民党统治区出版的机关报。
② 《大众哲学》,艾思奇著。
③ 《解放周刊》,当时出版的党刊。
④ 《活跃的肤施》,当时流行的报道延安的小册子。肤施,即延安。

就从
这里
开始——
在我亲爱的
延河边，
在这黄土高原的
窑洞里！
啊，我睁开
初生婴儿般的眼睛，
推开
窑门——
“同志，请问：
干部处
是不是
在这里？”
“啊，欢迎你，
小鬼！
到延安来
参加革命……
好。
在这张登记表上
写上吧，
你的名字、
履历。
一会儿，
到管理员同志那里
去领
你的碗筷。

你的军装
　　要'三号'的，
——唔，不过裤脚
　　　　还得卷起……"

啊！现在，我的祖国啊，
　　你把千斤的重担
　　　　千百次地
　　　　　　放在我的肩头吧，
　　我要说：
　　　　我能够
　　　　　　担得起！
即使有
　　再凶恶的病毒
　　　　向我扑来，
也不会
　　把我
　　　　摧毁！
因为
　　我是吃了
　　　　延安的小米饭
　　　　　　长大的啊，
我喝过了
　　流过枣园和杨家岭[1]的
　　　　延河的
　　　　　　奶汁！……

① 枣园，延安时期党中央书记处所在地；杨家岭，延安时期党中央委员会所在地。

啊，现在，
我的老同志！
　　我听见：
　　　　你的声音
　　　　　　又从山沟里
　　　　　　　　响起来——
“同志们！
日本人又在敌后
　　抢粮了……
边区周围，
　　胡宗南
　　　　又增加了兵力——
是的，咱们的粮食，
　　　又有些困难，
从今天起，
　　　　我们要吃
　　　　　　稀的。
不过，这点困难，
　　　　‘呀呀唔’[1]哟，
　　　　　　——比起我们
　　　　　　　　　在雪山、草地……
……倒是你，
　　　　顶得住吗？
　　　　　　小鬼？”
——啊！
　　——我！

① “呀呀唔”，当时老红军干部的口头语，意即小意思，不值一谈。

“我吗？
　　我保证：
　　　没有问题！”
“好！把我的这半碗，
　　　分给你。
吃饱吧！
饭后，
　　我们要开
　　　　五垧荒地！
注意，手别打泡。
准备好
　　笔记。
下午的课——
　　毛主席的
　　　　《中国革命战争的战略问题》……”

啊，我的欢乐的大地！
现在，
在你的白天，
　　响起
　　　　多少美妙的歌声，
在你的夜晚，
　　有多少幸福的小公民
　　　　睡在
　　　　　　温暖的摇篮里！
让我
　　也给我的小女儿
　　　　唱起催眠歌来吧……

但是，我
怎么能不
又回到
延河边的
那些夜里？——
啊！好冷！
可是，
又多么的
甜蜜！……
杨家岭的灯火啊，
在风雪中
闪亮，
闪亮……
风，
卷着刮断的冰柱，
正向
这里的门窗
敲击。
啊，用口里的热气
呵着
笔尖，
在工作着！
他啊——
我们的
毛主席！……
而我，
和我的同志们
睡在

我们的窑洞里。
一个黑影，
走进来——
悄悄地
悄悄地……
伸向我
他的冰冷的
手指。
“唔，是你！”
——我们的
教员同志：
“怎么，又冻醒了吧？”
“不，不是……
……我是在想，
在想，
小组会的讨论：
关于
克服
非无产阶级的意识……
还有，
我，
想写
一首诗……”
“但是，小鬼，
你要睡觉啊！
给你这个，
——我的这件
破大衣。

这样捆起来，
非常暖和。
这办法，
是我在监狱里
发明的，
现在，
我教给你……
……好……睡吧。
躺进去。
合上眼皮。
马上，
你就会走进
走进
——‘社会主义’……”

啊！现在，
在我的眼前——
出现了！
天——安——门
你啊
在这里！……
共和国的
惊天动地的
礼炮，
响起来！
响起来！
五彩缤纷的
礼花，

高高地
升起！
升起！……
在我们
浩浩荡荡的
欢腾的
人海里，
我，
走来了，
打着我的
红旗！……
“啊，去吧，
我的孩子！
我的战士！
北京，
在等候你……”
我的母亲——延安，
把十三斤半的背包，
放在
我的肩头，
把马兰纸的
《整风文献》
和《七大决议》，
放在
我的口袋里：
“是的，任务
非常艰巨，
但是，你们将在

那里
胜利会师。
代我问候
我日夜想念的
天安门吧，
告诉她说
你们是
延安来的！”——
啊，我就是
这样地来了，
在母亲延安
跷脚远望的
目光里……
啊，黄河的怒涛，
是怎样地
冲击着
我的胸膛！……
啊，张家口的烟火
是怎样地
烧红
我愤怒的眼泪！……
啊，大平原的
清算、土改的风暴，
是怎样地
卷起
我沸腾的血液！
啊，华北战场的
枪林弹雨，

是怎样地
撕碎
我层层的军衣！……
啊啊！我就是这样地
来了！
和我的同志们，
从四面八方
从各个战场，
我们相逢
在这里！
让我们
用胜利者的手臂，
搂抱得
更紧些，
更紧些呵！
让眼泪的喜雨
湿透我们的
这第一套
节日的新衣！
啊，让你的
沾满尘沙的皱纹
在这欢呼的潮水中
飘荡吧，
让我的
早生的白发，
扑打
这胜利的红旗！……

但是，现在——
我的老战友们啊！
　　我们不能
　　　　在昆明湖的画舫里
　　　　　　谈笑得太久；
我的红领巾们啊，
我不能
　　在回音壁下，
　　　　再一次
　　向你们讲说
　　　　我过去的回忆！
就在我们
　　呼吸着的
　　　　现在——
　　　　　　这
　　　　　　　　一秒钟里，
啊，我们革命的战马，
　　　　在社会主义的征途上
　　　　　　又
　　　　　　　　远去千里！
——从雅鲁藏布江边的“林卡”，
　　　　到萝北草原的荒地，
　　有多少消息
　　　　报告着：
　　　　　　“完成……”
　　　　　　　　“完成……”
而我们的千万种计划书呵，
　　又伸出手来，

指着
我们的大地——
向我们
千呼万唤：
“开始呵！
开始！……”

啊，我的
新鲜的
活跃的
忙碌的
生命！
饱饮
共和国每一个早晨的
露珠，
沾满
我们的新麦
和原油的
香气，
我啊，
前进，
前进！
永不停息。
啊，我知道：
我们共和国的道路
并不是
一马平川，
面前，

还有望不断的
千沟万壑，
头上，
还会有
不测的
风雨……
迎接我的啊
还有无数
新的
考验，
而灰尘
和毒菌
还会向我
偷袭。
但是，我亲爱的党啊！
请你相信——
你曾经
怎样地
带领我
走过来的，
我仍会
怎样地
跟随你
走向
前去！
啊！让延河的水
在我的血管里
永远

奔流吧！
让宝塔山下的
我的誓言
永远活在
我的骨髓里！
我们的未来时代啊，
请你把我
用“延安人”的名义，
列入
我们队伍的
名单里！
你将会证明：
我——
祖国和党的
一个普通的儿子，
一个渺小的
“我自己”，
在这里
有着
何等的意义！
啊！让我
高举
献给祖国、
献给党的
诗篇，
走向
亿万人的
心里……

从亿万人的
口中——
赞美我们
亿万个
“我自己”——
啊，我！
我的——
我们，
我们的——
我，
——是这样地
谐和
统一！
这是党
为我们创造的
不朽的
生命，
是祖国大地的
无敌的
威力！
啊！
未来的世界，
就在
我的
手里！
在
我——们——的
手里！

五

啊！我亲爱的
祖国！
啊！我亲爱的
党！
我就是这样
献给你
我的歌声，
我就是这样
加入
我们时代的
合唱。
杨家岭礼堂的声音
永远在
耳边回响，
我的心
紧贴着，
天安门的红墙……
啊，给你——
我们心中的
熊熊烈火；
啊，给你——
我们血管里
燃烧的岩浆；
给你——
我们生命的

滚滚黄河；
给你——
我们青春的
浩浩长江……
但是，
在语言的波涛中，
最好的一滴
献给你呵——
“明天！”
——啊，我们的祖国，
“明天！”
——啊，我们的党！
我们
高举
你光荣的
旗帜，
前进，
在社会主义——共产主义的
大路上！
让我们
踏破
未来年代的
每一道
门槛吧，
让我们
推醒
一九五七年——
沉睡的

朝阳！
——啊，今天
多么美丽！
多么好！
但是，
这
还不够！
明天呵，
必须
那样！
啊，我们——
共和国的建设者！
让我们
更快地
为我们的大地
更换新装！
啊，我们——
共和国的保卫者，
让我们的臂膀
更加有力，
让我们警惕的眼睛
更加明亮，
守卫着呵——
我们的
边疆
和道路，
天空
和海洋！

让我们社会主义的
大鹏鸟，
风云万里
振翅飞翔！
啊！更快地
更快地
成长起来——
我们的
钢铁
和石油的
基地，
更快地
更快地
打开啊，
我们大地的
无尽宝藏！
啊，让我们的
辽阔的
田野，
更好地
扬花吐穗，
让我们
科学和智慧的
星群，
发出
更灿烂的光芒！
让我们的
五年计划，

再一个
五年计划，
跟踪而来，
让我们的
生产进度表，
万箭齐发——
那红色的箭头
射向
更远的前方！
来吧！
远方的客人——
你们：
一九五九、
一九七九……
请登上
天安门
观礼台，
请坐在
我们党委会的
旁听席上——
看吧，惊奇吧！
我们
将会这样
神速地
越过
你们居住的地方！
来吧！
世界各地的

朋友们！
请你们
访问
我们的：
井冈山、
宝塔山
和天安门吧，
请你们
访问
你们要去的地方……
看吧！评论吧！
这就是
我们
革命的
道路，
这就是
我们
前进的
力量！
这就是
我们——
中国！
啊！这就是
我们的
党！
就是这样，
我们六亿五千万人的
革命大军

在前进，
就是这样，
用我们的双手
在实现
我们的理想！
啊啊！——
让我们
更响亮地
歌唱吧！
让我们的歌声
飞向
今天和明天
世界上的
一切地方！
胜利啊——
人民！
胜利啊——
社会主义！
胜利啊——
我们伟大的
祖国！
胜利啊——
领导我们前进的
党——！

1956年6月—8月，北京

三门峡歌

三门峡——梳妆台[①]

望三门，三门开：
“黄河之水天上来”！
神门险，鬼门窄，
人门以上百丈崖[②]。
黄水劈门千声雷，
狂风万里走东海。

望三门，三门开：
黄河东去不回来。
昆仑山高邙山矮，
禹王马蹄[③]长青苔。
马去“门”开不见家，
门旁空留“梳妆台”。

---

① 三门峡下不远，有巨岩，如梳妆台状，故名“梳妆台”。
② 崖，yá，亦读 ái，见《现代汉语词典》。
③ 三门之一“鬼门”岩上，有石坑，状如马蹄印，相传为大禹跃马遗迹。

梳妆台啊，千万载，
梳妆台上何人在？
乌云遮明镜，
黄水吞金钗。
但见那：辈辈艄公洒泪去，
却不见：黄河女儿梳妆来。

梳妆来呵，梳妆来！
——黄河女儿头发白。
挽断“白发三千丈”，
愁杀黄河万年灾！
登三门，向东海：
问我青春何时来？！

何时来呵，何时来？……
——盘古生我新一代！
举红旗，天地开，
史书万卷久等待。
大笔大字写新篇：
社会主义——我们来！

我们来呵，我们来，
昆仑山惊邙山呆：
展我治黄万里图，
先扎黄河腰中带——
神门平，鬼门削，
人门三声化尘埃！

望三门，门不在，
明日要看水闸开。
要请李白改诗句：
“黄河之水‘手中’来”！
银河星光落天下，
清水清风走东海。

走东海，去又来，
讨回黄河万年债！
黄河女儿容颜改，
为你重整梳妆台。
青天悬明镜，
湖水映光彩——
黄河女儿梳妆来！

梳妆来呵，梳妆来！
百花任你戴，
春光任你采，
万里锦绣任你裁！

三门闸工正年少，
幸福闸门为你开。
并肩挽手唱高歌呵，
无限青春向未来！

中流砥柱[1]

一

啊，不是怀古。
我来三门峡，
　　脚踏禹王跃马处。
看黄水滚滚，
　　听钻机突突。
使我
　　满眶
　　　　热泪陡涨，
　　周身
　　　　血沸千度！
啊啊！
三门峡上——
　　紧握
　　　　开天辟地
　　　　　　英雄手臂，
三门峡下——
　　见万古不移
　　　　中流砥柱！

① 三门峡下，河心急流冲，有巨石矗立，即为自古传说之"中流砥柱"。

二

啊，古往何处？
急流万马来，
　　往古英雄计无数：
看漫天烽火，
　　听动地鼙鼓。
遥指
　　长城
　　　　千里揭竿……
　　井冈
　　　　红旗飞舞！
啊啊！
古往今来——
　　多少
　　　　惊风破浪
　　　　　　英雄人物，
黄河中流——
　　竖万古不朽
　　　　民族脊骨！

三

啊，今日非古！
红旗下井冈，
　　一改江山古画图！
看黄河新妆，

听雷霆脚步！
我唤
古人
梦中惊起：
长叹
英雄不如！
啊啊！
五千年来——
谁见
工人阶级
天工神斧?!
万里一呼——
为社会主义
立擎天柱！

1958年3月

桂林山水歌

云中的神啊，雾中的仙，
神姿仙态桂林的山！

情一样深啊，梦一样美，
如情似梦漓江的水！

水几重啊，山几重？
水绕山环桂林城……

是山城啊，是水城？
都在青山绿水中……

啊！此山此水入胸怀，
此时此身何处来？

……黄河的浪涛塞外的风，
此来关山千万重。

马鞍上梦见沙盘上画：

"桂林山水甲天下"……

啊！是梦境呵，是仙境？
此时身在独秀峰[①]！

心是醉啊，还是醒？
水迎山接入画屏！

画中画——漓江照我身千影，
歌中歌——山山应我响回声……

招手相问老人山[②]，
云罩江山几万年？

——伏波山下还珠洞[③]，
宝珠久等叩门声……

鸡笼山一唱屏风开，
绿水白帆红旗来！

大地的愁容春雨洗，
请看穿山[④]明镜里——

啊！桂林的山来漓江的水——

---

① 独秀峰，在桂林市中心。孤峰一柱，拔地而起。

② 老人山，及下文中的鸡笼山、屏风山，均在桂林市区，因状得名。

③ 还珠洞，有老龙谢情还珠神话，本诗转意借用。

④ 穿山，在桂林市南郊。峰顶有巨大圆形洞口，洞穿露天，状似明镜高悬。

祖国的笑容这样美！

桂林山水入胸襟，
此景此情战士的心——

是诗情啊，是爱情，
都在漓江春水中！

三花酒[①]兑一滴漓江水，
祖国啊，对你的爱情百年醉……

江山多娇人多情，
使我白发永不生！

对此江山人自豪，
使我青春永不老！

七星岩[②]去赴神仙会，
招呼刘兰姐啊打从天上回……

人间天上大路开，
要唱新歌随我来！

三姐的山歌十万八千箩，
战士啊，指点江山唱祖国……

---

① 三花酒，桂林名酒。
② 七星岩，桂林最著名岩洞之一。传说歌仙刘三姐在此洞中赛歌，后化石成仙。

红旗万梭织锦绣，
海北天南一望收！

塞外的风沙啊黄河的浪，
春光万里到故乡。

红旗下：少年英雄遍地生——
望不尽：千姿万态“独秀峰”！

——意满怀呵，情满胸，
恰似漓江春水浓！

啊！汗雨挥洒彩笔画：
桂林山水——满天下！……

1959年7月，旧稿
1961年8月，整理

十年颂歌

东风！
　　红旗！
　　　　朝霞似锦……
大道！
　　青天！
　　　　鲜花如云……
听
　　马蹄哒哒，
看
　　车轮滚滚……
这是
　　在哪里啊？
——在
　　　　中国！
这是
　　什么人啊？
——是
　　　　我们！
催开

我们社会主义的
跃进的战马，
前进——
前进！……
推动
我们共和国的
历史的车轮，
飞奔——
飞奔！……
啊，在天安门上，
在五星旗下。
就从
这里！
出发——
一九四九年
十月一日！
开始了
我们开天辟地的
伟大神话：
啊，红色的
盘古！
啊，人类的
第二个“十月”的——
革命战马！
马头高举，
向东方
滚滚红日，
马尾横扫

西天
残云落霞！
吓慌了
资本主义世界的
“古道——西风——
瘦马”，
惊乱了
大西洋岸边的
“枯藤——老树——
昏鸦”。
一声声的
惊呼，
一阵阵的
咒骂……
杜鲁门
满嘴白沫，
华尔街的走狗们
翘起了
一千条尾巴。
……一万个花招，
十万个计划……
杜勒斯
点起朝鲜的战火
扑向
鸭绿江边，
台湾的洞穴中
那群亡命的老鼠
在日日夜夜地

磨牙……
但是，
这一切
可奈我何?!
啊！挡不住
历史车轮
飞向前！
但见那
纷纷落叶
马蹄下……
从
一九四九，
到
一九五九！
世界的历史啊
又发生了
何等的变化！
西风
渐渐变小，
东风
阵阵强大！
啊，在我们的大地上——
我们
六万万五千万人民，
马不停蹄！
人不解甲！
一步——
一个脚印！

一个脚印——
　　一片鲜花！
一天——
　　　二十年的行程！
　　十年——啊，
　　　　一个
　　　　　　崭新的天下！
看！
我年轻的共和国！
你
　　身披
　　　　灿烂的锦绣，
　　满怀
　　　　胜利的鲜花！
一手——
　　挥动神笔，
一手——
　　扬鞭催马！
东海上——
　　天山下：
一穷二白的
　　辽阔土地上——
洋洋洒洒，
　　画出多少
　　　　最新最美的
　　　　　　图画！
天苍苍呵，
　　野茫茫——

一刹那
　　迎天接日
　　　　升起来
多少
　　山连海涌的
　　　　高楼大厦?!

看吧!
　　看吧!——
看不完的
　　麦山稻海,
望不尽的
　　铁水钢花……
四时春风
　　吹万里江河
　　　　冰消雪化,
中秋明月
　　照进多少
　　　　幸福人家?!
啊,姑娘
　　　　又得了
　　　　　　红旗,
老人
　　减少了
　　　　白发。
"社会主义好呵,
　　社会主义好……"——
这就是托儿所里

孩子们的
歌声；
“我们的青春，
献给祖国……”——
这就是树荫下
爱人们的
知心话。……
啊，伟大的祖国，
伟大的人民——
怎么能不
干劲冲天?!
无边的天空，
无边的土地——
怎么能不
处处飞花?!

啊！让帝国主义
反动派
痛心疾首吧！
让他们
顿足捶胸
去咒骂……
他们
骂啊，
因为他们
怕！
他们的时光
不久了，

历史的画廊
　　定要扯下——
他们那幅
　　破烂的
　　　　图画。
而我们的
　　共和国——
　　　　强大的巨人！
高举
　　“现实”的
　　　　万里长鞭
挺身站立——
　　在天安门上，
满面笑容——
　　在五星旗下！
啊，我的共和国！
　　在你的
　　　　面前——
望不尽呵，
　　望不尽……
望不尽的——
东风……
　　红旗……
　　　　朝霞似锦……
望不尽的——
大道……
　　青天……
　　　　鲜花如云……

我听见
全世界的朋友们
　　向你发出
　　　　雷鸣的欢呼，
压倒了
　　一切咒骂我们的
　　　　鸦噪犬吠的声音！
大地的春光啊，
　　没有辜负
　　　　飞来的燕群。
亲爱的共和国啊，
十年来，
　　你没有辜负
　　　　朋友们的
　　　　　　希望
　　　　　　　　和信任。

今天，
在北京的
　　一棵高大的
　　　　松树下，
我又一次
　　拥抱着
一位
　　飘洋过海而来的
　　　　国际友人。
他的脚
　　穿着一双

中国的布鞋，
汗水淋淋的大手
把我
搂抱得
紧紧：
“我永远羡慕——
你
一个
中华人民共和国的
公民！”
啊！我亲爱的
共和国！
你使我
多么地
幸福！
热情的
波涛，
爱情的
绿荫——
怎么能不
充满
我的心？
九百六十万
平方公里的
江山河海呵，
我爱你的
每一尺
每一寸！

三千六百五十个
　　日日夜夜啊，
我爱你的
　　每一秒
　　　　每一分！
啊，
　　扯开
　　　　我的衣襟！
看我
　　胸中的
　　　　千山万壑，
朝向你——
　　怎么能不发出
　　　　阵阵回音?！……

听啊！听！——
　　“消灭
　　　　敌人的碉堡！
前进呵，
　　同志们！……”——
啊，英雄黄继光的
　　　　召唤，
从上甘岭的山顶
　　响遍
　　　　祖国的大地！……
“要听党的话，
　　永远为祖国
　　　　——母亲……”

啊，党的好女儿
向秀丽的
声音，
从珠江边的
烈火中
飞进
亿万人的心！……

啊啊！就是这样——
在共和国的大地上，
闪耀着
数不清的
英雄形象，
震响着
不朽的
英雄的声音！
就是这样，
六亿五千万
英雄的人民，
走过了
十年的道路，
推动着
共和国
前进的车轮！
啊！就是这样
扑灭了
鸭绿江岸的
冲天战火……

啊！就是这样，
结束了
　　西藏高原
　　　　千百年来的
　　　　　　黑夜沉沉……

啊啊！就是这样啊，
我的共和国！
我怎么能不
　　千百次地
　　　　为你歌唱？
　　千百次地
　　　　呼唤：
祖国呵——
　　我们的母亲！
党呵——
　　母亲的
　　　　心！
你
　　使我的
　　　　每一根血管
　　都沸腾着
　　　　无比的干劲，
因为
　　爱呵——
　　你的每一片
　　　　新生的树叶
　　都使我

　　　　热泪滚滚！
啊，为什么
　　　　我只能有
　　　　　　一人一身啊？
为什么
　　我的语言
　　　　这样拙笨？
给我呵——
　　语言的
　　　　大海！
给我呵——
　　声音的
　　　　风云！
让我能
　　在祖国的
　　　　每一寸土地上
　　　　　　劳动——歌唱！
让我能
　　在社会主义的
　　　　每一条战线上
　　　　　　战斗——前进！

……今天，
在一个云霞绚烂的
　　黎明，
我从
　　祖国的南方，
来到

　　我们的首都
　　　　北京。
我的身上
　　是倾盆的汗雨，
胸中
　　是鼓荡的春风。
我带来
　　海南橡胶林的
　　　　白色乳浆，
我的衣服上
　　落满
　　　　武钢二号高炉的
　　　　　　飞迸的火星。
我挽着
　　湛江新港的
　　　　龙门吊车——
　　　　　　那千尺的长臂，
跨过
　　长江大桥——
　　　　那万丈的金龙。
啊，望不尽的
　　　　江南三月——
社会主义的
　　无边美景……
南国红豆啊
　　满含着——
共产主义的
　　相思的

深情。
啊，我看见：
每一个姑娘的
心中
都是一片
桂林山水……
我看见：
每一个青年的
手掌
都是一座
五指山峰！
来吧！
你百年不遇的
大雨！
来吧！
你十二级的
台风！
看！——
我们社会主义的
“镇海楼”，
——风雨不动！
看！——
千百万英雄人民，
防洪抢险，
——战战成功！
请问啊——
千里灾区何处有？
红旗下——

一片歌声笑声中！……

啊！

我的欢笑的

豪迈的

南方！——

共和国啊，

这就是你

一九五九年的

壮丽的

面容！

……现在

我走在北京

朝阳门的

街道中，

我看着

太阳

迎面东升。

我看着你——

我的

共和国！

我周身的热血

怎么能不

又一次地

沸腾？

我该怎样

更好地

为你歌唱呵，

十倍
　　百倍地
　　　　把你赞颂！
听啊，
共和国的礼炮
　　第十次
　　　　震响
　　　　　　中国的大地，
这惊天动地的礼炮声呵，
　　怎能不激动
　　　　我的心?!
全世界
　　睁大眼睛，
　　　　看见了
六万万五千万
　　“饥寒交迫的奴隶”
　　　　在斗争中长成
何等伟大的
　　巨——人！
无边海洋的
　　波涛啊，
无限宇宙的
　　星云，
正向我们
　　传来
　　　　响不断的
　　　　　　回音！
啊，我们十年的

伟大的道路！
我们共和国的
不朽的
青春！
更快地
更快地
催开
我们社会主义的
跃进的战马吧，
更快地
更快地
推动
我们共和国
历史的车轮！
让帝国主义反动派
瑟瑟抖颤吧！
让他们，此刻
从模糊的泪眼中，
偷看一下
我们的
天安门！
让他们
在上帝面前祈祷，
去哭一千声
“阿门……”
而我们
在五星红旗下，
欢呼一万声

“前进！”
我们的青春啊，
还不过
正在开始，
而他们的
末日
已将要来临！
啊！我的共和国啊——
母亲！
党啊——
我们母亲的
心！
在这个伟大节日的
人海里，
我把我的手臂
伸向你——
伸向
天安门。
我想对你说——
我会
永远地
活着，
我将会
五十次——
一百次地
庆祝
你的诞辰！
在未来的

共产主义的
地球上，
我永远是
一个年轻的公民。
我会
辛勤地
劳动，
在帝国主义的
坟地上，
种出
一片绿荫。
啊，我将在
天安门的华表下
带着
甜蜜的回忆，
向子孙们
指点：
我们
跟随毛主席
走过的脚印，
讲说：
五十年前。
或者一百年前——
我们共和国
十周年纪念日
那个灿烂的
早晨！

1959 年 9 月 7 日

雷锋之歌

一

假如现在啊
我还不曾
不曾在人世上出生，
　　假如让我啊
　　再一次开始
　　开始我生命的航程——
在这广大的世界上啊
哪里是我
最迷恋的地方？
　　哪条道路啊
　　能引我走上
　　最壮丽的人生？
面对整个世界，
我在注视。
　　从过去，到未来，
　　我在倾听……

八万里
风云变幻的天空啊
今日是
几处阴？几处晴？
　　亿万人
　　脚步纷纷的道路上
　　此刻啊
　　谁向西？谁向东？
哪里的土地上
青山不老，
红旗不倒，
大树长青？
　　哪里的母亲啊
　　能给我
　　纯洁的血液、
　　坚强的四肢、
　　明亮的眼睛？

让我一千次选择：
是你，
还是你啊
——中国！
　　让我一万次寻找：
　　是你，
　　只有你啊
　　——革命！
生，一千回，
生在

中国母亲的
怀抱里，
　　活，一万年，
　　活在
　　伟大毛泽东的
　　事业中！

啊，一切
都已经
证明过了……
　　一切一切啊
　　还在
　　证明——
这里有
永远
不会退化的
红色种子；
　　这里有
　　永远
　　不会中断的
　　灿烂前程！
看步步脚印……
望关山重重……
有多少英雄啊
都在我们
行列中！
　　领我走，
　　教我行……

　　跟上一步啊，
　　一次新生！

……滚滚湘江水呀，
闪闪延河的灯……
使我怎能不
日日夜夜
梦魂牵绕？
　　……上甘岭头雪呀，
　　越秀山下松……
　　使我怎能不
　　千番万回
　　热血沸腾？……
望天安门上
那亲切的笑容——
我的眼里
常含热泪啊，
　　送新战士入伍，
　　听连营的号声——
　　我的心中
　　怎能不又
　　风起云涌？……

我迷恋
我们革命事业的
艰苦长途上——
一个征程
又一个征程！

我骄傲
我们阶级队伍的
生命群山中——
一个高峰
又一个高峰！……

啊！真正地
幸福啊！
何等地
光荣！……
在今天，
我用滚烫的双手
抚摸着
我们的
红旗——
又一次把
母亲的
衣襟
牵动……
让我高呼吧！
看啊，
在我们的大地上，
在党的
摇篮中——
此刻，
又站起来
一个多么高大的
我们的

弟兄！……

二

让我呼唤你啊，
呼唤你响亮的名字，
你——
雷锋！
　　我看着
　　你青春的面容，
　　好像我再生的心脏
　　在胸中跳动……
我写下这两个字：
“雷、锋”——
我是在写啊
我们阶级的
整个新一代的
姓名；
　　我写下这两个字：
　　“雷、锋”——
　　我是在写啊
　　我的履历表中
　　家庭栏里：
　　我的弟兄。
你的年纪，
二十二岁——
是我年轻的弟弟啊，
　　你的生命

如此光辉——
却是我
无比高大的
长兄！
……我奔向你面前！
带着
母亲给我的教训，
和我对你
手足的深情……
仿佛一刹那间
越过了
千山万岭……
啊！我像是
突然登上泰山，
站立在
日观峰顶……
我看见
海浪滔滔的
母亲怀中——
新一代的太阳
挥舞着云霞的红旗，
上升啊
上升！……

……惊蛰的春雷啊，
浩荡的春风！——
正在大地上鸣响；
正在天空中飞行！

一阵阵，
一声声——
　　“雷锋！……”
　　“雷锋！……”
　　“雷锋！……”
道路上的列车啊，
海港里的塔灯——
　　有多少个车轮
　　在传诵啊；
　　有多少条光线
　　在回应……
一阵阵，
一声声——
　　“雷锋！……”
　　“雷锋！……”
　　“雷锋！……”

那红领巾的春苗啊
面对你
顿时长高；
　　那白发的积雪啊
　　在默想中
　　顷刻消溶……
今夜有
灯前送别；
　　明日有
　　路途相逢……
“雷锋……”

——两个字
说尽了
亲人们的
千般叮咛；

　　“雷锋……”
　　——一句话，
　　手握手，
　　陌生人
　　红心相通！……

三

你——雷锋！
我亲爱的
同志啊，
我亲爱的
弟兄……

　　你的名字
　　竟这样地
　　神奇，
　　胜过那神话中的
　　无数英雄……

你，
我们党的
一个普通党员，

　　你，
　　我们解放军中
　　一个普通士兵。

你的名字
怎么会
飞遍了
祖国的千山万水，
　　激荡起
　　亿万人心——
　　那海洋深处的
　　浪花层层？……

……从湘江畔，
昨日，
那沉沉的黑夜……
……到长城外，
今天，
这欢笑的黎明——
　　雷锋啊，
　　你是怎样
　　度过
　　你短暂的一生？
从日记本第一页上
黄继光的画像……
到领袖题词：
“向雷锋同志学习
——毛泽东”……
　　啊，雷锋！
　　你是怎样地
　　怎样地
　　长成?! ……

啊！我看着你，
我想着你……
我心灵的门窗
向四方洞开……
　　……我想着你，
　　我看着你……
　　我胸中的层楼啊
　　有八面来风！——

……看昆仑山下：
红旗飘飘，
大江东去……
　　望几重天外：
　　云雾弥漫，
　　风雨纵横……
十万言——
一道
冲云破雾的
飞天长虹！……
　　两个字——
　　中国的
　　一代新人的
　　光辉姓名！……
啊，念着你啊
——雷锋！
　　啊，想着你呵
　　——革命！

一九六三年的
春天
　　使我们
　　如此地
　　激动！——
历史在回答：
人，
应该
怎样生？
路，
应该
怎样行？……

四

……仿佛已经
十分遥远
十分遥远了，
　　——那已过去了的
　过去了的
　　许多情景……
那些没有光亮的
晚上……
那些没有笑意的
面容……
　　那些没有明月的
　　中秋……
　　那些没有人影的

茅棚……

在哪里啊，

爸爸要饭的

饭碗？……

在哪里啊，

妈妈上吊的

麻绳？……

在哪里啊，

云周西村的

铡刀？……

在哪里啊，

渣滓洞的

深坑？……

眼前是：

繁花似海，

高楼如山，

绿荫如屏……

耳边是：

歌声阵阵，

书声琅琅，

笑语声声……

睁开回头的望眼——

啊……

春风打从何处起？

朝阳打从何处升？……

消退了昨日的梦境——

啊……

镣铐曾在何处响？

鲜血曾在何处凝？……
长征路上
那血染的草鞋
已经化进
苍松的年轮……
淮海战场
那冲锋的呼号
已经飞入
工地的夯声……
老战士激动的回忆啊，
“我们在听、在听……
但那到底
已是过去的事情……”
——少年人眼前的
大路小路啊，
仿佛本来
就是这样
又宽、又平……

啊，要不要再问园丁：
我们的花园里
会不会还有
杂草再生？
梅花的枝条上，
会不会有人
暗中嫁接
有毒的葛藤？……
我们的大厦

盖起了多少层？
是不是就此
大功告成？
　　啊，面前的道路、
　　头上的天空，
　　会不会还有
　　乌云翻腾？……
……滚滚沸腾的生活啊，
闪闪发亮的路灯……
面对今天：
血管中的脉搏
该怎样跳动？
　　什么是
　　真正的
　　幸福啊？
　　什么是
　　青春的
　　生命？
……望夜空，
有倒转斗柄的
北斗……
看西天
有纷纷坠落的
流星……
　　什么是
　　有始有终的
　　英雄的晚年啊？
　　什么是

无愧无悔的
新人的一生？……

唔！有人在告诉我们：
——过去了的一切
不必再提起了吧！
只要闭上眼睛呀，
就能看见：
现在已经
天下太平……
什么“人民”呀，
什么“革命”，
——这些声音，
莫要打搅，
他酒兴正酣，
睡意正浓……
——今天的生活
已经不同了呀，
需要另外
开辟途径……
——最香的
是自己的酒杯，
最美的
是个人的梦境……

但是，且住！
可敬的先生……
收起你们的

这套催眠术吧！
革命——
永远
不会躺倒！
历史的列车——
不会倒行！
请看！
在我们的红旗下：
又是谁？
站起来
大声发言——
忘记过去吗？
不能！
不能！
不能！
因为我是
永远不会忘本的
“饥寒交迫的奴隶”——
中国的
革命的
士兵！
叫我们
那样活着吗？
不行！
不行！
不行！
因为我是
站在

不倒的红旗下，
前进在
从井冈山出发的
行列中！
问我的名字吗？
我的名字……
啊，我们的
名字：
雷——锋！……

啊，雷锋
就是这样地
代表我们
出现了！……
——像朝阳初升
一样地合理，
像婴儿落地
一样地合情！……
雷锋，
对于我们
是这样珍贵，
雷锋兄弟啊，
为我们赢得
亲爱的母亲
欣慰的笑容……
让我们说：
“我爱雷锋……”
这就是说：

"我爱
真正的人生!"
　　让我们说:
　　"我爱雷锋……"
　　这就是说:
　　"我要
　　永远革命!"

来啊！让我们
紧紧地挽住
雷锋的
这三条刀伤的手臂吧!
　　让我们
　　把雷锋日记的
　　字字句句
　　在心中念诵……
我们要把
壮丽人生的道路
展出万里!
　　我们要把
　　革命的火焰
　　"烧得通红……"

啊,雷锋!
我紧挽着
紧挽着
你的手臂啊,
　　我把它

紧贴在
我的前胸……
让我说：
我们是
一母所生——
我们血液的源头，
在“四·一二”的
血海里，
在皖南事变的
伤痕中……
早已
几度相逢……
党的双手，
早就在
早就在
把我们的
生命
铸造，
党叫我们
按照历史的行程，
待命出征——
雷锋！
你这一代
新的战斗队啊，
要出现在
新中国——
“早晨八九点钟……”

五

就是这样，
雷锋，
你出发了……
　　——在黎明前的
　　一阵黑暗中……
你带着
满身
燃烧的血泪，
　　好像在梦中一样，
　　扑向
　　党啊——
　　温暖的
　　温暖的
　　母亲怀中……
……就是这样，
雷锋，
你站起来！
　　接受
　　“共产主义新战士”
　　——党给你的
　　命名。
……就是这样，
雷锋，
你走来了……
你不是

只为洗雪
一家的仇恨；
　　不是为了
　　“治好伤疤
　　忘了疼”……
你来了啊，
不是为
学少爷们那样——
　　从此
　　醉卧高楼，
　　做花天酒地的
　　荒唐梦；
你来了啊，
更不是为
向仇人们鞠躬致敬——
　　说是为大家的“安宁”，
　　必须
　　践踏爹妈的尸骨，
　　把难友们的鲜血
　　倒进
　　老爷的杯中……

雷锋！
你满腔的愤怒啊，
你刻骨的疼痛……
　　你对党感激的
　　含泪带笑的目光……
　　你对新生活

　　如饥如渴的憧憬……
全部投入
我们阶级的
步伐——
　　化成了
　　战斗的
　　轰天雷鸣！

啊，雷锋！
你第一次学会的
这三个字，
　　你一生中
　　永远念着的
　　这个姓名——
啊，亲爱的
再生雷锋的
母亲——
　　我们的
　　党啊，
　　我们的领袖
　　毛泽东！
母亲懂得你
懂得你啊
——雷锋，
　　你也懂得他
　　懂得他啊
　　——伟大的
　　毛泽东！

你青春的生命
在毛泽东思想的
冲天红光中，
升华……
升华……

　　你前进的脚步
　　在《毛泽东选集》的
　　光辉篇章
　　那真理的
　　阶梯上，
　　攀登……
　　攀登……

雷锋，
我看见
在你的驾驶室里，
那一尘不染的
车镜……

　　我看见
　　在你车窗前
　　那直上云天的
　　高峰……

啊，你阶级战士的
姿态，
是何等的
勇敢，坚定！

　　你共产党员的
　　红心啊，

是何等的
纯净、透明！……

雷锋，
你是多么欢乐啊！
在我们灿烂的阳光里，
怎么能不
到处飞起
你朗朗的笑声？
你稚气的脸上，
哪能找到
一星半点
忧愁的阴影？……
但是，雷锋，
在心灵的深处，
你有多少强烈的
爱啊，
又有多么深刻的
憎！
爱和恨，
不可分割，
像阴电、阳电一样
相反相成——
在你生命的线路上，
闪出
永不熄灭的火花，
发出
亿万千卡热能！……

……从家乡望城
彭乡长
那慈爱的面孔，
　　到团山湖农场
　　庄稼梢头
　　那飘动的微风……
……从鞍钢工地
推土机的
卷动的履带，
　　到烈属张大娘
　　搂抱着你的
　　热泪打湿的
　　袖筒……
啊，祖国亲人的
每一下脉搏，
阶级体肤的
每一个毛孔——
　　都寄托了
　　你火一样的热爱，
　　都倾注了
　　你海一样的深情……

啊，从黄继光
胸口对面
那射向我们的
罪恶炮筒，
　　到地主谭四滚子

　　从地下发出的
　　切齿之声……
……从营房门口
那假装
磨剪子的
坏蛋，
　　到躲在角落里
　　缝补旧梦的
　　某些先生……
啊，祖国道路上的
每一个暗影，
你哨位上的
每一面的响动——
　　都使你燃起
　　阶级仇恨的
　　不灭的火种；
　　都紧盯着
　　你阶级战士
　　警觉的眼睛！……

雷锋啊，
你虽然不是
　　在炮火连天的战场上
　　战斗冲锋，
在平凡的
工作岗位上，
你却是真正的
勇士啊——

你永远在
高举红旗，
向前进攻！
在我们革命的
万能机床上，
雷锋——
你是一个
平凡的，但却
伟大的——
永不生锈的
螺丝钉！

哪里需要？
看雷锋的
飞快的
脚步！
哪里缺少？
看雷锋的
忙碌的
身影！……
……啊，马上去
给大娘浇地——
现在
麦苗正要返青……
……啊，立刻把
自己省下的存款
寄给公社——
支援

受灾的农民弟兄……
……唔，快准备
给孩子们
讲革命故事——
明天是
队日活动……
……唔，必须把
赶路的大嫂
护送到家——
现在是
夜深，雨大
路远，泥泞……

啊，雷锋
你白天的
每一个思念，
你夜晚的
每一个梦境，
都是：
人民……
人民……
人民……
你的每一声脚步，
你的每一次呼吸，
都是：
革命……
革命……
革命……

雷锋，你是
真正的
真正的
幸福啊！
　　你是何等的
　　何等的
　　聪明！
你用我们旗帜一样
鲜红的颜色，
写下了
你短暂的
却是不朽的
历史，
　　你在阶级的伟大事业里，
　　在为人民服务的无限之中，
　　找到了啊——
　　最壮丽的
　　人生！
你的生命
是多么
富有啊！
　　在我们党的怀抱里，
　　你已成长得
　　力大无穷！
……可老战友们
总还习惯叫你
“小雷”啊——

你只有
一百五十四厘米
身高，
二十二岁的
年龄……
但是，在你军衣的
五个纽扣后面
却有：
七大洲的风雨、
亿万人的斗争
——在胸中包容！……
你全身的血液，
你每一根神经，
都沸腾着
对祖国的热爱，
而你同时
在每一天，
每一分钟，
念念不忘：
世界上还有
千千万万
受难的弟兄！……
“上刀山！
下火海！……”
——雷锋啊，
在准备着！
风吹来！
雨打来！

——雷锋啊，
道路分明！……

啊！这就是
这就是
一个叫做
“雷锋”的
中国革命战士的
英雄姿态！
这就是
我们的大地
我们的母亲
以雷锋的名义
给历史的
回应——
人啊，
应该
这样生！
路啊，
应该
这样行！……

六

啊！现在……
雷锋——
请你一千次、一万次
走遍

祖国的大地吧！
　　请你一千声、一万声
　　把你战斗的
　　呼号，
　　传遍那
　　万里风云的天空！……
在这
无产者大军
重新集结的
时刻，
　　在这
　　新的斗争信号
　　升起的
　　黎明……
在我们祖国的
每一个
战场上，
　　在迎接我们的
　　每一个
　　斗争中——
雷锋啊，
在前进！……
带着
我们的骄傲，
　　带着
　　我们的光荣……
雷锋
你在我们

军中，
　　雷锋
　　你在我们
　　心中！
雷锋啊，
活着！
　　雷锋啊，
　　永生！……

啊！响起来，
响起来，
响起来吧！
　　——我们阶级大军的
　　震天号声！
敲起来，
敲起来，
敲起来啊！
　　——我们革命人生的路上
　　　　这嘹亮的晨钟！……
看，站起来
你一个雷锋，
　　我们跟上去：
　　十个雷锋，
　　百个雷锋，
　　千个雷锋！……
升起来
你一座高峰，
　　我们跟上去：

十座高峰，
百座高峰！——
千条山脉啊，
万道长城！……

让我们的
敌人
惊叫起来吧，
——关于中国的
这最近的情报，
他们会说：
“不懂，不懂……
这是什么样的
‘装置’啊，
竟然发出
如此巨大能量的
热核反应？……”

啊，让我们的
朋友们
感到高兴吧！
让他们
骄傲地说：
“这是
毛泽东的战士！
红色中国的
士兵！
这是

真正的人啊，
　　是中国的
　　也是我们的
　　弟兄！……”
啊，让歌手们
歌唱吧，
　　登上我们
　　新的长城：
“……北来的大雁啊，
你们不必
对空哀鸣，
　　说那边
　　寒霜突降，
　　草木凋零……
且看这里：
遍地青松，
个个雷锋！——
　　……快摆开
　　你们新的雁阵啊，
把这大写的
‘人’字——
　　写向那
　　万里长空！……”
啊，让诗人们
歌唱吧，
　　站在这
　　望海楼上
　　新的一层：

"……那暴风雨中的
海燕啊，
我们
想念你！……
　　你快
　　拨开云雾啊，
　　展翅飞腾！
看天空：
闪电
怎能遮掩？
　　看大地：
　　怎能不
　　烈火熊熊?!"
让我们回答
你的歌声——
　　"我们昨日
　　鹏程万里；
　　今日又来
　　英雄雷锋！……"

啊！雷锋，雷锋，雷锋啊……
此刻
我念着你，
我唱着你呵……
　　——我有
　　多少愤怒、
　　多少骄傲、
　　多少力量啊，

在胸中翻腾！
我不能
远远地
望着你的背影
把你赞颂，
——我必须
赶上前来！
和你
一起啊
奔向这
伟大的斗争！

啊，雷锋，
我的弟兄！
不要说
我比你多有
几年军龄啊——
虽然它使我
终生难忘，
一提起呀
就热血奔流
热泪常涌……
在你的面前——
我的
好班长啊，
让我说：
我还是
一个新兵……

啊，雷锋，
带我去，
带我去吧！
　　——让我跟上你，
　　跑步入列！
　　听候每一次的
　　队前点名……
让我像你
一样响亮地
回答："到！"
　　——永远站在啊
　　我们阶级的
　　行列中！……

啊，带我去，
带我去吧！
雷锋！
　　——在今天，
　　这风吼雷鸣的时辰，
　　让我跟你一样
　　把我们的《毛选》
　　紧握在手中……
请你辅导我
千百次地
学习！
　　——让伟大的真理啊
　　照耀我

永远新生！……

啊，雷锋！
带我到
哨位上去！
——告诉我
怎样更快地
发现敌情……
啊，雷锋，
带我到
驾驶室里去！
——教我
把方向盘
更好地把定……
……啊，告诉我，
告诉我啊——
怎样做好
永不生锈的
螺丝钉！……
……教我唱，
教我唱吧——
真正唱会啊：
“《我是一个兵》！……”
在阶级的事业里：
“我是一个兵！”
在祖国的土地上：
“我是一个兵！”
在今天、明天

所有的
斗争里：
　　“我是——
　　——一个兵！……”
啊，雷锋……
我不是
一个人啊，
　　我是在唱
　　我们亿万人民
　　内心的激动！
看啊，
奔你来！
学你来！
　　——我们的大地上
　　正脚步匆匆！……
十个、
百个、
千万个……
　　雷锋……
　　雷锋……
　　雷锋……
啊，雷锋
就是我们！
　　我们
　　就是雷锋！……
让我们的敌人
千次、万次地
吃惊吧！……

让我们的朋友，
永远、永远地
高兴！……

让地球的
脑海啊
去思索……
让历史的
航线啊
更加
分明……

啊，现在……
你们——
巴黎公社的
前辈英雄啊，
你们请听：
你们不朽的事业
我们要
永远担承！
我们在
井冈山前，
向你们
保证：
——我们要
子子孙孙
永不变啊，
辈辈新人
是雷锋！……

啊，还有你们——
我国古代的
哲人们，
你们之中
是谁呀？
　　——“见歧路，
　　泣之而返。”
　　——竟会痛哭失声……
俱往矣！
俱往矣！……
　　今天啊，
　　是何等的不同！
看天安门上——
东方红，
太阳升……
　　——我们有
　　伟大的
　　领袖啊，
　　我们有
　　伟大的
　　群众！……

啊！
看我们
大步前进吧！
　　看我们
　　日夜兼程！……

怕什么
狂风巨浪?!……
　　怕什么
　　困难重重!……
哪怕它啊
北风欺我
把我黄河
一夜冰封?
　　——我们有
　　革命壮志:
　　浩浩长江
　　万年奔腾!……
哪怕它啊
山崩海啸,
天塌地倾?
　　——我们有
　　擎天柱:
　　我们的党!
　　我们有
　　毛泽东思想
　　炼成的
　　补天石:
　　百万——雷锋!……

啊啊!……
响起来——
响起来——
响起来吧——

我们无产者大军的
震天的号声！……
敲起来——
敲起来——
敲起来吧——
我们革命人生的路上
这嘹亮的晨钟！……
伟大的斗争，
在召唤啊——
全世界的弟兄，
一起出征！……
前进啊——
我们的
红旗！……
前进啊——
我们的
革命！……
前进！——
前进啊！
——我们的弟兄!!
——我们的雷锋!!! ……
让我们
向历史
宣告吧——
在我们
这伟大战斗的
决心书上，
已写下了

我们

伟大的姓名：

我们——

雷锋；

雷锋——

保证：

敌人必败！

我们必胜！

我们必胜啊！

我——们——

必——胜——！！！

1963年3月31日

西去列车的窗口

在九曲黄河的上游，
在西去列车的窗口……

是大西北一个平静的夏夜，
是高原上月在中天的时候。

一站站灯火扑来，像流萤飞走，
一重重山岭闪过，似浪涛奔流……

此刻，满车歌声已经停歇，
婴儿在母亲怀中已经睡熟。

在这样的路上，这样的时候，
在这一节车厢，这一个窗口——

你可曾看见：那些年轻人闪亮的眼睛
在遥望六盘山高耸的峰头？

你可曾想见：那些年轻人火热的胸口

在渴念人生路上第一个战斗？

你可曾听到啊，在车厢里：
仿佛响起井冈山拂晓攻击的怒吼？

你可曾望到啊，灯光下：
好像举起南泥湾披荆斩棘的镢头？

啊，大西北这个平静的夏夜，
啊，西去列车这不平静的窗口！

一群青年人的肩紧靠着一个壮年人的肩，
看多少双手久久地拉着这双手……

他们啊，打从哪里来？又往哪里走？
他们属于哪个家庭？是什么样的亲友？

他啊，塔里木垦区派出的带队人——
三五九旅的老战士、南泥湾的突击手。

他们，上海青年参加边疆建设的大队——
军垦农场即将报到的新战友。

几天前，第一次相见——
是在霓虹灯下，那红旗飘扬的街头。

几天后，并肩拉手——
在西去列车上，这不平静的窗口。

从第一天，老战士看到你们啊——
那些激动的面孔、那些高举的拳头……

从第一天，年轻人看到你啊——
旧军帽下根根白发、臂膀上道道伤口……

啊，大渡河的流水啊，流进了扬子江口，
沸腾的热血啊，汇流在几代人心头！

你讲的第一个故事："当我参加红军那天"；
你们的第一张决心书："当祖国需要的时候……"

"啊，指导员牺牲前告诉我：
'想到啊——十年后……百年后……'"

"啊，我们对母亲说：
'我们——永远、永远跟党走！……'"

第一声汽笛响了。告别欢送的人流。
收回挥动的手臂啊，紧攀住老战士肩头。

第一个旅途之夜。你把铺位安排就。
悄悄打开针线包啊，给"新兵们"缝缀衣扣……

啊！是这样的家庭啊，这样的骨肉！
是这样的老战士啊，这样的新战友！

啊，祖国的万里江山！……
啊，革命的滚滚洪流！……

一路上，扬旗起落——
苏州……郑州……兰州……

一路上，倾心交谈——
人生……革命……战斗……

而现在，是出发的第几个夜晚了呢？
今晚的谈话又是这样久、这样久……

看飞奔的列车，已驶过古长城的垛口，
窗外明月，照耀着积雪的祁连山头……

但是，“接着讲吧，接着讲吧！
那杆血染的红旗以后怎么样啊，以后？”

“说下去吧，说下去吧！
那把汗浸的镢头开啊、开到什么时候？”

“以后，以后……那红旗啊——
红旗插上了天安门的城楼……”

“以后，以后……那南泥湾的镢头啊——
开出今天沙漠上第一块绿洲……”

啊，祖国的万里江山！……

啊，革命的滚滚洪流！……

“现在，红旗和镢头，已传到你们的手。
现在，荒原上的新战役，正把你们等候！”

看，老战士从座位上站起——
月光和灯光，照亮他展开的眉头……

看，青年们一起拥向窗前——
头一阵大漠的风尘，翻卷起他们新装的衣袖！

……但是现在，已经到必须休息的时候，
老战士命令：“各小队保证，一定睡够！”

立即，车厢里平静下来……
窗帘拉紧。灯光减弱。人声顿收。……

但是，年轻人的心啊，怎么能够平静？
——在这样的路上，在这样的时候！

是的，怎么能够平静啊，在老战士的心头，
——是这样的列车，是这样的窗口！

看那是谁？猛然翻身把日记本打开，
在暗中，大字默写：“开始了——战斗！”

那又是谁啊？刚一入梦就连声高呼：
“我来了！我来了！——决不退后！……”

啊,老战士轻轻地走过每个铺位,
到头又回转身来,静静地站立在门后。

面对着眼前的这一切情景,
他,看了很久,听了很久,想了很久……

啊,胸中的江涛海浪!……
啊,满天的云月星斗!……

——该怎样做这次行军的总结呢?
怎样向党委汇报这一切感受?

该怎样估量这支年轻的梯队啊?
怎样预计这开始了的又一次伟大战斗?

……戈壁荒原上,你漫天的走石飞沙啊,
……革命道路上,你阵阵的雷鸣风吼!

乌云,在我们眼前……
阴风,在我们背后……

江山啊,在我们的肩!
红旗啊,在我们的手!

啊,眼前的这一切一切啊,
让我们说:胜利啊——我们能够!

…………
…………

啊！我亲爱的老同志！
我亲爱的新战友！

现在，允许我走上前来吧，
再一次、再一次拉紧你们的手！

西去列车这几个不能成眠的夜晚啊，
我已经听了很久，看了很久，想了很久……

我不能、不能抑止我眼中的热泪啊，
我怎能、怎能平息我激跳的心头？！

我们有这样的老战士啊，
是的，我们——能够！

我们有这样的新战友啊，
是的，我们——能够！

啊，祖国的万里江山、万里江山啊！……
啊，革命的滚滚洪流、滚滚洪流！……

现在，让我们把窗帘打开吧，
看车窗外，已是朝霞满天的时候！

来，让我们高声歌唱啊——
“……鲜红的太阳照遍全球！……”

1963年12月14日，新疆阿克苏

又回南泥湾

——看话剧《豹子湾战斗》

“信天游”啊，不断头，
回回唱起来热泪流！

唱延河啊，想延安，
连想带梦南泥湾……

铃声响，大幕开——
今晚又回延安来！

好熟的路啊，好亲的山，
亲山熟路豹子湾……

这一面红旗这一杆号，
咱们的红一连上来了！

手里的镢头肩上的枪，
惊天动地脚步响！

树林里的火焰万丈高，
世世代代啊都看到！

昨天开荒多少亩？
——革命头前万里路……

南泥湾的夜晚啊这样美，
为革命吃苦甜滋味……

这一架纺车这一根线，
千年万年永不断……

一双草鞋半袋米，
闪亮的红心我认得你！

好亲的话语好旺的火，
火苗上的目光望着我……

望我的心啊，看我的手——
枪支、镢头该没丢……

团长一声把“小鬼”叫，
猛然间我的心里怦怦跳！

恍惚他走到台下来，
又帮我系好草鞋带……

……掌声起，雷声响——

看团长还在那火堆旁。

台上台下二十年，
我身旁坐着我们司令员。

二十年前后几代人？
我怀中坐着女儿红领巾。

司令员低声问这下一代：
“你将来编在第几排？……”

几代人啊，同堂坐——
毛主席还给咱上这一课！

主席的思想啊，南泥湾的路，
斗争永远不闭幕……

司令员拉住我和女儿的手：
“咱们的路啊，就是这样走！”

这样走啊，这样行！——
波涛翻滚在我胸……

塔里木的麦浪啊江南的风，
南泥湾的号声响不停！

……我和司令员紧相跟，
“豹子湾”走到天安门。

步步走啊，步步想，
满心的话啊我要讲……

今晚的谈话不断头，
长安街上难分手……

天外的乌云啊山后的雾，
毛主席指点我们看清楚……

革命的路基要打稳，
还要再刨“山桃根”……

南泥湾的火光啊天安门的灯，
——照得长空分外明！

东海激荡啊天山怒，
战士的筋骨钢铁铸！

伟大的战斗又打响，
是战士都在哨位上！

让我向司令员喊“报告：
我的武器又擦好……”

红领巾儿女啊要走快，
红一连在喊：“跟上来！”……

跟上来啊，跟上来，
辈辈人在红旗在！

红旗万丈向天举——
革命的烈火几万里?! ……

火光在前啊，枪在手，
大步长征——不回头！……

1964 年 5 月 29 日

中国的十月

一九七六年，
中国的十月。
历史的巨笔，
将这样书写：
无产阶级革命的
又一伟大战役，
为真理而斗争——
新的光辉一页！

啊……
一九七六年，
严峻的十月。
伟大的导师
和他伟大的战友，
已和我们永别……
生前的遗志啊，
怎样实现？
如何继承
他们开创的事业？

在中国，
在十月。
命运大搏斗的
风风雨雨，
我们心潮激荡的
日日夜夜——
怎能不想啊
那长征路上
莽莽昆仑“这多雪”？

在北京，
在十月。
中南海内
波浪起伏，
长安街上
灯火明灭——
怎能不念啊
娄山关前
“而今迈步从头越”？

啊……
一九七六年，
惊心动魄的十月！
天安门城楼
连接着遵义城堞，
大会堂前
似见当年

那会址的台阶。
每一天，
每一夜，
怎能不牵动
世界人民的心啊，
和我们人民
心中的世界？

啊！
一九七六年，
震撼世界的十月！
我们的党
胜利了！
北京的晨曦
向世界报捷。
党中央一举粉碎
“四人帮”反党集团，
无产阶级的巨手，
终于捉住了这窝蛇蝎！

十月啊，
伟大的十月！
中国人民
胜利了！
看革命的航船
正扬帆飞跃。
党中央
执行人民的意志，

肩负全党的重托，
在这伟大的战役中，
是何等的英勇、果决！

十月啊，
欢乐的十月！
当胜利消息传遍
举国沸腾的时辰，
当幸福
火一样灼人的此刻——
我向你啊
放声歌唱！
我为你啊
奋笔挥写：
伟大、光荣、正确的党啊，
我们万难不摧的
阶级的事业！

我要唱啊，
我要写。
在这欢庆的
锣鼓声中，
在这祝捷的
不眠之夜……
用我止不住的
欢欣的泪水啊，
用压不住的
我滚滚的热血！

写啊，
我要写。
在我劳动的
炼钢炉旁，
在我们厂
游行的队列——
师傅的喜泪
和我的泪水汇流，
阶级的热血啊，
向着我心头倾泻……

在声讨会上，
在游行的行列。
我又看见——
师傅肩头
大伯留下的血衣……
小侄儿手中
妈妈被卖的契约……
我怎能不高呼——
叛徒、内奸捉住啦！
我们红色的万里江山啊，
怎容他拉回
那“三月的租界”！

在声讨会上，
在游行的行列。
我又看见——
那英雄连队

登城首功的战旗……
老将军脚上
那万里长征的草鞋……
我怎能不大叫——
“四人帮”垮台啦！
我们党的千秋大业，
决不能被蛀虫一旦毁灭！

啊！一九七六年，
热血沸腾的十月！
党中央的
光辉文件——
携带着
九天愤怒的雷霆，
八亿人民衷心的喜悦，
发出了
讨伐“四人帮”的
战斗檄文，
对历史的小丑，
宣布历史的判决！

啊……
一九七六年，
悲泪和喜泪交流的十月……
在此时，
在此刻——
我们的心
牵挂着

那水晶的棺椁，
长青的树叶；
我们的心啊，
又飞向毛主席面前——
啊……
我们伟大的人民，
用新的胜利
又在接受
您的检阅……

啊……
一九七六年，
思绪万端的十月……
喜泪如连绵春雨啊，
捷报似漫天飞雪。
百里首都钢城，
十里长安大街……
——此情此景啊
怎能不令人记起：
突破腊子口，
三军开颜的滚滚铁流……
百万雄师过江，
踏平魔鬼的巢穴……

——此景此情啊
又怎不令人回想：
泪雨中升起的
第一面五星红旗……

第一次照见
五亿人民团圆的
中秋明月……

啊……
一九七六年，
万众欢呼的十月！
爆竹声声相连，
锣鼓阵阵相接……
不是国庆的国庆啊，
不是过节的过节。
来啊，
我年轻的老战友，
我年老的新同学……
让我们重逢
在游行队伍中吧——
早已有心在先，
此次何需相约？
来啊，
手把手教我的
工人师傅啊，
饱尝战斗艰辛的
我们的大姐……
让我们相会
在纪念碑下吧——
踏过那一月的寒风，
登上这十月的台阶……
让我们朝向

祖国的江河大地，
用倾盆的泪雨
把捷报书写……
这样——向总理告慰：
十月啊——今天，
今天啊——十月！……

啊！
今天——十月，
中国的十月。
一九七六年啊，
伟大进军的十月！
在庆祝胜利的
此时此刻——
我站在天安门广场，
我们伟大人民的战列。
看天安门城楼，
那召唤进军的红旗……
听《国际歌》声，
向万里云天飞越……
是巴黎公社的火焰，
是丙辰清明的鲜血……
卷起我心潮滚滚啊，
似大江东去浪千叠！
望革命征程
千山万岳……
听战鼓又催征啊，
革命战士

怎能不壮怀激烈?!

任妖魔善变，
任道路曲折——
马列必胜。
人民不朽。
真理不灭。
——这就是
一九七六年十月战役的
伟大总结。
我们的党啊
大有希望!
社会主义
大有希望!
——这就是
今日的中国
又一次
这样回答
今日的世界！……

1976年10月30日初稿
1979年4月5日改

“八一”之歌

当一场
历史的暴风雨
刚刚过去——
　　那难忘的战斗啊
　　刚写下
　　难忘的记忆……
当伟大的进军
从祝捷之时
又已开始：
　　身后——
　　万里长征，
　　眼前——
　　长征万里！……

——就在
此时此际，
我们迎来
一九七七年
光辉的

“八一”——
　　祖国的
　　万里晴空啊，
　　飘扬着
　　我们灿烂的
　　军旗！……

二

我仰望你，
我扑向你——
　　我们伟大的
　　人民军队啊，
　　我带枪的
　　阶级兄弟！
在节日的
欢呼声中，
我把手
向你举起——
　　请接受我啊，
　　一个“地方同志”，
　　也是
　　一个老兵的
　　敬礼！……

——虽然
“小八路”的军衣
从我身上

早已脱去，

　　老红军

　　抚摸过的

　　我的头顶啊

　　如今已被

　　白发侵袭……

但是，

我的心啊

永远在

我们军中——

　　在毛主席

　　率领我们

　　前进的

　　行列里！

我的生命

永远属于

我们党、

我们阶级——

　　也永远

　　永远啊

　　属于你！

我仰望你，

我扑向你——

　　我有

　　千山万水的思念，

　　五湖四海的回忆……

啊，南昌城头，

破晓的枪声啊——
井冈山顶
烛天的火炬！……
　　你照亮旧中国
　　血染的大地啊——
　　止住了亿万母亲
　　长夜的哭泣……

“找红军去！……”
“找红军去！……”
——有多少
前辈父兄，
在呼喊你啊，
奔向你！……
　　“找八路军去！……”
　　“找八路军去！……”
　　——我这个
　　赤脚少年啊，
　　和千万同辈，
　　在日夜追赶
　　你的足迹……
不论是战争年代
那滚滚的硝烟，
还是这建设时期
阵阵风雨……
　　——你永远在
　　召唤着我啊，
　　一步步，一句句：

“冲上前去！……”
“冲上前去！……”

二

啊，在我们
亿万军民的心中啊，
在我们
伟大军队的
司令部里——
　　我们有
　　光辉的太阳
　　永远不落，
　　我们有
　　灿烂的群星
　　长明不熄……
伟大的领袖和导师啊，
我们伟大的统帅
——毛主席！
我们伟大的军队，
是您啊亲手培育，
　　您永远在
　　指挥我们
　　从胜利——
　　走向胜利！……
在您的身旁——
有伟大的战友啊，
五十年来

并肩站立——

　　步步相随

　　坚定不移……

啊，在我的这支歌里，

我骄傲地

唱着您们的名字：

　　您啊，

　　敬爱的周总理——

　　我们的周副主席！

　　您啊——

　　敬爱的朱总司令，

　　敬爱的

　　叶副主席、邓副主席！

我唱着

我们敬爱的

刘帅、徐帅、聂帅啊——

　　我唱着

　　人民怀念的元帅——

　　彭德怀、罗荣桓、贺龙、陈毅……

您们的名字啊，

和毛主席

连在一起，

和千百个董存瑞、

亿万个雷锋啊

连在一起——

　　啊，我们阶级大军的

灿烂的太阳系！
使人民
无限自豪啊，
叫敌人
无比畏惧……

啊，从我听见
第一声
叫我“小鬼”啊
在王家坪的
司令部里……
到五十周年的
今天的“八一”，
我以“老兵”的名义
向您们敬礼——
您们的名字啊，
在我心中
永远、永远闪耀啊——
教育我
为做一个
真正的战士
奋斗不息！……
任凭林贼
用怎样的阴谋，
“四人帮”匪徒
施何种毒计——
休想遮掩
您们永恒的光辉；

片刻不能
不能啊
从人民心中
把您们夺去！

三

啊，暴风雨中
我们灿烂的军旗！
我仰望你
我扑向你——
带着
面对敌人：
满腔的怒火，
捷报来时：
倾盆的泪雨……

老首长啊，
老同志……
我至亲的骨肉啊，
阶级的兄弟！——
换穿的草鞋啊，
替补的军衣……
艰苦的岁月——
是多么的甜蜜！
任“四人帮”
去追查什么“老关系”吧，
批判什么“旧情绪”——

我们的同志啊
就是亲密！
革命的情谊
我们永远啊
永远牢记！——

啊，宝塔山下，
延水声里——
指导员，
你继续讲啊，讲啊！
你们经过
多少战斗
到达遵义？——
毛主席
怎样地
挽救了革命啊，
周副主席、
朱总司令
怎样坚定地
和毛主席
站在一起……

啊，老班长
你接着讲啊，讲啊！
你们怎样征服了
雪山草地——
张国焘
是怎样叛变？

朱总司令、
周副主席
在如何斥敌？
叶参谋长啊，
怎样在危急之中
保卫毛主席……

啊，黄河渡口
雪里雨里——
司令员啊，
我身背米袋，
在送你追你、
追你赶你啊——
千里南下
那飞奔的马蹄……
平津战场，
烟里火里——
老团长啊，
在前沿阵地
你将我扶起，
你胸口的鲜血啊
洒满我全身军衣……
淮海战场，
指挥部里——
邓政委啊，
你钢铁的声音，
飞越千里硝烟，
震响在——

　　我的心里……

啊，多少次，
会师——又誓师——
　　多少回啊
　　相逢——又别离……
回音壁
在回响
万里军号……
　　五指山
　　又指向
　　征程万里……
啊，半个世纪
我们的军史，
代代鲜血
染红的军旗！
你字字行行
丝丝缕缕——
　　都用毛泽东思想
　　在写啊：
　　“我们——胜利！”……
　　“我们——胜利！”……

四

啊，暴风雨中
我们血染的军旗！
我仰望你，

我扑向你——

　　带着

　　儿辈的幸福

　　父辈的感激……

我们伟大的

人民军队啊！

祖国的红色江山

卫护在

你的襟怀里！

　　天安门城楼

　　在你的肩上啊

　　巍然屹立！……

你踏上

继续前进的

新的征程——

　　又投入

　　新的

　　伟大战役！

我看见：

多少老战友

走上新阵地……

　　我看见：

　　百万战士，

　　千里转战，

　　十年风雨……

我看见：

我们的老帅啊，

在毛主席身边，
和周总理一起，
在滚滚激流中
挺身而立——
　　提挈三军
　　奋战鬼蜮，
　　白发红心啊，
　　“青山夕照”
　　胜似晨曦……
我看见：
永生的雷锋啊，
在匍匐前进！
　　“硬骨头六连”啊，
　　向逆流迎击！

在粉碎
反党集团——
一次次的
大搏斗里：
　　我激跳的心
　　似当年一样啊
　　在日夜倾听
　　倾听我军——
　　胜利消息……
永远战斗的
我们的军旗！
你在军史的
新篇章里——

用鲜红的字迹
写崭新的课题，
仍然是啊：
“我们——胜利！”……
“我们——胜利！”……

五

啊，暴风雨中
我们永不变色的军旗！
在一九七六年的
泪水和怒火中
又铭刻下——
七六年：
那罕见的——艰难啊，
七六年：
那罕见的——胜利！……
啊，我们的老政委啊，
虽然你向我们
经常提起——
胜利啊
来之不易。
要懂得：
事业的艰巨，
道路的崎岖……
我这个后来的战士啊，
也多少知道——
在前进途中

应随时准备
不测的风雨……
但是，
我怎能料到啊——
一生中的
这一年里
竟有如此
悲痛的记忆?!
一月——八日……
七月——六日……
九月——九日……
啊，我们祖国
战火飞去、
礼花升起的
无边大地——
竟会这样
被淹没在
泪水的海洋里……

司令员啊，
你这钢铁的战士，
昨日还在
给我激励：
为人民的欢乐
放声歌唱啊——
而今却是：
冬雪……
秋雨……

十里长街
同声哭泣……
从天安门前，
到万里营地——
我们三军战士啊，
和人民一起——
一起啊——
同声——哭泣！……

啊，就在
此时此际，
在这样的
日子里——
“四人帮”
拔刀出鞘！
按他们
篡党夺权的
“既定方针”，
向我们党
步步进逼——
反革命的“过河卒”，
在杀向
我们的将帅，
“放火烧荒”的
罪恶火舌，
舔向
我们的军旗
——党旗！……

乌云
笼罩天空——
　　强震
　　摇撼大地……
啊,远程而来的
南湖的航船啊,
此刻
你将——
驶向哪里?
　　社会主义的
　　新中国啊,
　　今天——
　　向何处去?
　　向——
　　何处去?……

六

啊,暴风雨中
我们更加鲜艳的军旗!
此时此际,
在这样的
日子里——
我们伟大的军队啊!
　　我怎能不
　　十倍、百倍地
　　想念你?!

"找红军去！……"
"找八路军去！……"
　　——这遥远的喊声，
　　我少年时的回忆，
　　怎能不从
　　心中涌起？……
我的心
跟随
八亿人民的心啊——
　　在暴风雨中，
　　向你——
　　飞去！……

我们在
这样
呼唤你——
　　"我们党的
　　钢铁臂膀啊！"
　　"我们人民的
　　忠诚子弟！"
我们在
这样
呼唤你——
　　"我们阶级的
　　铁拳！"
　　"我们专政的
　　柱石！"……

我们
呼唤你啊，
我们
想念你！
　　我们
　　想念你啊——
　　我们
　　信赖你！……

我们的心
带着——
刘胡兰烈士
当年的愤怒啊，
戎冠秀大娘
今天的焦虑……
　　从井冈山……
　　狼牙山……
　　千里万里扑向你！
我们看见啊，
你带着——
大渡河勇士
当年的呼号，
珍宝岛战士
今天的誓词……
　你的心啊
　和我们一起——
　穿过
　遵义的风云

庐山的霹雳……
一起来到啊
来到这里——
在这
中南海
怒涛翻卷的
红墙下——
在这场
阶级大搏斗的
核心阵地……
我们的民心、党心
和军心啊
集结在
这里——
在这伟大的时刻，
再次证明
伟大的真理——
我们的军队
永远在
党的手里！
我们的党
永远在
人民——心里！
啊，毛主席，
周总理，
朱总司令啊，
您们
不曾离去……

贺龙同志，
陈毅同志啊，
您们
就在这里！……

——一九七六年
这伟大的战役！
啊，伟大的开始啊，
伟大的继续——
我们的党史、军史
又揭开
新的篇章——
用大字
续写：
“我们——胜利！”……
“我们——胜利！”……

我们——胜利啊，
我们——胜利！
胜利——
在五十年漫漫的征途中，
胜利——
在未来崭新的世纪里……

我看见——
一九八七……
一九九七……
二〇〇七……

每年的“八一”——
　　未来的战士
　　仍像今天
　　我们这样，
　　满含着
　　热泪和感激，
　　仰望你啊，扑向你！
用全部热血和生命
去迎接新的战斗，
　　用全部热血
　　和生命啊
　　把你高高举起……
啊，你——
毛泽东思想的
伟大红旗！
中国人民
不朽的军旗！
　　高举着你啊
　　高举着你，
　　和全世界的
　　阶级弟兄一起，
　　去夺取全人类
　　彻底解放的
　　最后——胜——利！

1977 年 7 月

第二辑　歌词

七枝花[①]（花鼓）

什么花开花朝太阳？
什么人拥护共产党？
葵花儿开花朝太阳，
老百姓拥护共产党。
共产党，怎么样？
它给人民出主张——
老百姓拥护共产党。

什么花开花穿在身？
什么人的话儿要记在心？
棉花儿开花穿在身，
毛主席的话儿记在心。
毛主席，说什么？
“全心全意为人民”——
毛主席的话儿记在心。

什么花开花不怕雪？

① 1943年2月作于延安，杜矢甲作曲。1945年日本投降后修改。

什么军队打仗最坚决？
腊梅花开花不怕雪，
人民军队打仗最坚决。
为什么，最坚决？
人民的敌人要消灭——
人民军队打仗最坚决。

什么花开花根连根？
什么军队和人民一条心？
荷花开花根连根，
解放军和人民一条心。
一条心，为什么？
军民本是一家人——
解放军和人民一条心。

什么花开花拦住路？
什么鬼怪要铲除？
蒺藜开花拦住路，
反动派鬼怪要铲除。
消灭反动派才能享幸福——
反动派鬼怪要铲除。

什么花开花千里红？
什么人发动了大反攻？
荞麦开花千里红。
解放军发动了大反攻。
大反攻，怎么样？
反动派一起消灭净——

解放军发动大反攻。

什么花开花迎春天？
什么人迎接胜利年？
迎春花开花迎春天，
中国人民迎接胜利年。
迎接胜利，怎么样？
团结一起走向前！

南泥湾[1]（秧歌表演唱）

花篮的花儿香，
听我来唱一唱，
唱呀一唱——
来到了南泥湾，
南泥湾好地方，
好呀地方。
好地方来好风光，
好地方来好风光——
到处是庄稼，
遍地是牛羊……

往年的南泥湾，
处处是荒山，
没呀人烟……
如今的南泥湾，
与往年不一般，
不呀一般。

① 1943 年 3 月作于延安，马可作曲。

如呀今的南泥湾呀
与呀往年不一般——
再不是旧模样，
是陕北的好江南……

陕北的好江南，
鲜花开满山，
开呀满山——
学习那南泥湾
处处是江南。
又战斗来又生产，
三五九旅是模范……
咱们走向前，
鲜花送模范……

秋收打场[①]（秧歌剧唱词）

九月里九重阳，
收呀收秋忙。
谷子呀糜子呀，
收呀收上场。

红格丹丹的太阳，
暖呀暖堂堂，
满场的新糜子，
喷呀喷鼻香。

你看那谷穗穗，
多呀多么长，
比起那往年来，
实呀实在强。

新糜子场上铺，
薄薄价铺成行。

---

① 1943年12月作于绥德，为秧歌剧《下南路》唱词，曲调用山西民歌。

快铺好来快打场，
快呀么快打场。

今年收成好，
多亏共产党。
丰衣呀足食呀，
喜呀喜洋洋。

翻身道情[①](秧歌剧唱词)

太阳——出来呀,
(哎咳　哎咳哎咳　哎咳哎咳　哎咳哎咳　咳咳咳),
满山——红哎(哎哎咳哎咳呀),
共产党救咱,翻了(哟嗬)身(哎咳呀)。

旧社会——咱们受苦的人,
人下——人哎(哎咳哎咳呀),
受欺压一层又(哟)一层(哎咳呀)。
又(哟)一层(哎咳呀)。

打下的粮食,地主他拿走(哎咳呀),
咱受冻,又受饿,有谁来照应啊(哎咳呀),
毛主席领导咱平分土地(哎咳呀),
为的是叫咱们有吃有穿呀(哎咳呀)。

往年,咱们眼泪,肚里流(哎咳哎咳呀),

---

① 1943年11月作于绥德,秧歌剧《减租会》中佃户组长唱。刘炽据《陇东道情》曲调改编。

如今咱站起来，做了主人（哎咳呀），
天下的农民，是一家人（哎咳哎咳呀），
大家团结，闹翻（哟）身（哎咳咿），大家团结闹翻身！

胜利进行曲[①]

看呵，我们胜利的旗帜迎风飘扬，
看灿烂的太阳升在东方，
嗨嗨，四万万人民欢呼歌唱，
那伟大的毛泽东领导我们走向解放！

（副歌）
呵！我们可爱的祖国呵祖国，
从今天已打破那封建的枷锁。
再不能忍受那寒冷饥饿，
我们要过那民主和自由新的生活！

是谁，能够阻挡那黄河的万里奔流？
谁能阻挡我们前进的脚步？
嗨嗨，百万大军向前进攻，
那万恶的反动派——封建和独裁就要灭亡！

---

① 1945年10月作于张家口，原题为《民主建国进行曲》，李焕之作曲。1948年修改。

（副歌）

呵！我们可爱的祖国呵祖国，
从今天已打破那封建的枷锁。
再不能忍受那寒冷饥饿，
我们要过那民主和自由新的生活！

走呵，我们团结在民主的旗帜下，
来建设我们人民的新国家，
平地上盖起高楼大厦，
那广阔的土地上四面八方开遍鲜花！

（副歌）

呵！我们可爱的祖国呵祖国，
从今天已打破那封建的枷锁。
再不能忍受那寒冷饥饿，
我们要过那民主和自由新的生活！

平汉路小唱[1]

这个电灯光，明又亮，
阵阵的欢笑，又鼓掌。
庆祝胜利大团圆呀，
朋友们还有同志们挤满一堂。
未曾上台我心高兴，
止不住开口要把歌来唱。

这个紧打板儿来慢敲鼓，
开口要唱咱平汉路。
从北平到郑州，
郑州过去是汉口。
从南到北三千里，三千里啊，
步步都是咱们工人修。

平汉路修成，三十多年，
当年的小伙，如今白了头。
红灯、绿灯，它来回地转，

---

① 1949 年 1 月作于长辛店，张鲁作曲。

工人们的血汗不住地流。
人养路来路不养人，路不养人啊，
工人的苦难可就没有头。

国民党来了这几年，
刮干了咱们血和肉。
工人哪个能穿暖哪，
谁能喝饱两顿粥？
大人饿着还能忍，
孩子哭来好难受。

这平汉路，成了贫寒的路，
工人贫寒，可就无出路。
上班做工真困难，
失业流落在街头。
提壶卖水还算好，
上街要饭谁收留？

这琉璃河，成了流泪的河，
眼泪还比那河水多；
这长辛店，成了伤心的店，
伤心的事儿可就说不完……
掐着指头天天盼，
多咱才是得救的那天？

嗨！炮声响啊天地惊，
解放军来了北平城！
解放了那门头沟、石景山、涿州、良乡、长辛店，平汉全段都解放，太阳出来晴了天！

好比火车进了站，
咱们的苦罪已经受完……
从今后咱们有工作，有吃穿，
保护工厂加油干。
天津、北平、南京、上海都解放，
人民的天下稳如山。
平汉路再也不贫寒，
自由幸福万万年！

电影《白毛女》唱词[1]

秋收

清清的流水蓝蓝的天，
山下一片米粮川，
高粱谷子望不到边，
黄家的土地数不完。

东家在高楼，
佃户们来收秋——
流血流汗当马牛……

老人折断腰，
儿孙筋骨瘦——
这样的苦罪没有个头……

---

① 根据歌剧原作改编的电影故事片《白毛女》，1944 年春至 1950 年由东北电影制片厂摄制完成。导演为王滨、水华，编剧为杨润身，作曲为瞿维、张鲁、马可。全片共有十六首歌曲，唱词系作者所作，其中有三首为张松如同志与作者合作（正文分别注明）。

赞歌

天上的鸟儿并翅儿飞，
地上的谷子穗连着穗。
穗连着穗来根连着根，
大春和喜儿心连着心。

心里有话难开口，
风摆谷穗低下了头。
风摆低头盼收割，
年轻人盼的花儿结果。

收租

场上才打完，
汗珠还没干。
东家收租要干净，
一年的辛苦又落空，又落空。
乌鸦头上转，
太阳落了山。
这一场秋风能躲过，
难逃那腊月鬼门关，鬼门关。

剪囍字

北风(那个)吹，
雪花(那个)飘，

风天雪地两只鸟。
鸟飞(那个)千里，
情意(那个)长，
双双落在树枝上。
鸟成对，喜成双，
半间草屋做新房，
半间草屋做新房。

扎头绳

有钱人结亲讲穿戴，
我爹没钱不能买。
扯上二尺红头绳，
对着镜子扎起来——
扎呀扎起来！

风卷雪花在门外，
镜子里头鲜花开。
鲜花开在心头上，
年年月月开不败——
开呀开不败。

杨白劳自尽

县长，财主，狼虫虎豹！
我欠租欠账，
(白)还有你们逼着我写的呀——
这卖身的文书……

北风刮，大雪飘，
哪里走？哪里逃？
哪里有我的路一条？

喜儿哭爹

唉！爹爹，爹爹呵……
耳听一片人闹声，
又是怕来又是惊。
闩上有闩门外有门，
我叫爹爹叫不应。
谁给爹爹把孝戴？
谁给爹爹摔老盆？
爹爹呀爹爹！……

送葬[①]

黄土三尺深，
眼泪洒新坟。
乌鸦连声叫，
风雪阵阵紧；
哭不醒那冤死的人！

眼望佃户林，
新坟接旧坟。
辈辈做牛马，

---

① 为张松如同志初作，作者改写。

死后变冤魂——
老天爷啊你发了昏！

相思

连根的树儿风刮断，
连心的人儿活拆散。
隔墙如隔千重山，
哪一天才能再见面？

星星出来太阳落，
你在黄家受折磨。
羊儿落在虎口里，
苦日子怎么过？

一幅蓝布两下里裁，
一家人家两分开。
隔墙好比隔大海，
什么人捎信来？

千针万线缝不尽，
千仇万恨记在心。
为什么穷人这样苦？
为什么富人这样狠？

控诉

狂风啊，

吹不开天昏地黑！
大雨啊，
洗不清这一片血泪！
叫不醒死去的冤魂啊，
又糟蹋了受难的姐妹！

出走

想要谋害我，瞎了你眼窝！
我是舀不干的水，扑不灭的火！
我的冤仇比天高，
我的眼泪流成河。

要伸冤啊，要报仇！
要伸冤啊，要报仇！
我不死，我要活——
我要报仇，我要活！

进边区

红旗飘飘，星光闪闪，
东方不亮，西方明了天！
红旗飘飘，星光闪闪，
这儿明了天！

踢开旧时代，
人民站起来！
条条的大路要打开，

人民站起来！

大路要打开，
拿起枪杆来！
千山万岭红旗要插遍，
人民站起来！

山洞[①]

老天杀人不眨眼，
大风大雪变了天。
青石裂开条条道，
北风刮来似钢刀。
破布烂草不遮身，
深山野洞难活命。

喜儿啊！
冤在身啊仇在心——
难道是石沉大海，
再也不能把冤伸？

喜儿啊，你要活！
海水干了也要活，
石头烂了也要活！
苦难的日子总能熬出头，
留着性命报冤仇！

---

① 为张松如同志参照歌剧原作增写。

烈火[①]

烈火啊，扑不灭，
大树啊，砍不断根。
不管你冰雪满山，
不管你虎狼成群。
不管你天昏地暗，
不管你山穷水尽，
仇恨长成了铁石心！
喜儿啊，受难的人，
喜儿啊，不死的人！

重逢

水流千里归大海，
踏破荒山野洞开。
如今亲人重见面，
受难的姐妹救出来！

斗争会[②]

黄世仁——
你杀人的魔王，
吃人的野兽。

① 为作者与张松如同志合写。
② 为作者与张松如同志合写。

你的罪孽到了头！

黄世仁哪，
逼我山洞去藏身，
不像鬼来不像人。
仇恨在心我不死，
苦撑苦熬三年整。

等到了今天哪，
太阳底下把冤伸！
千年的仇要报，仇要报，
万年的冤要伸，冤要伸！

欠债的要你还，
杀人的要偿命。
压死人的老底账，
今天要算清。

千年的老封建，
今天要刨断根！
万年的铁锁链，
打得你碎粉粉！

冰河要解冻，
花开正迎春。
逼成鬼的姐妹今天要变成人！
永辈子的受苦人今天要大翻身！